KB047360

2015
신춘문예 당선시집

문학세계사

2015
신춘문예 당선시집

〈시〉 김관용 김민율 김복희 윤종욱 김성호 박예신
박은석 유이우 정현우 조창규 최영랑 최은묵
〈시조〉 김범렬 서상희 용창선 윤은주 전향란

2015 신춘문예 당선시집 ◇차례◇

시 詩

시조時調

시

신춘문예 당선 시

김관용

1970년 서울생
울산대 철학과 졸
동국대 서울캠퍼스 불교학과 석사학위(화엄 전공) 취득
동대학원 박사과정 중(화엄 전공)
2015년 경향신문 신춘문예 시 당선

kwanyong6@hanmail.net

■ 경향신문/시
선수들

선수들

전성기를 지난 저녁이 엘피판처럼 튄다
도착해 보면 인저리타임
목공소를 지나 동사무소, 골목은 늘 복사된다
어둑해지는 판화 속에서 옆집이라는 이름을 골라낸다
옆집 하고 발음하면 창문을 연기하는 배우 같다
보험하는 옛애인이 전화한 날의 저녁은
폭설과 허공 사이에서 방황하고
과외하는 친구의 문자를 받은 날 아침은
접시 위의 두부처럼 무심해진다
만약이라는 말에 집중한다
만약은 수비수 두세 명은 쉽게 제쳤으며
늘 성적증명서보다 힘이 셌다
얇은 사전을 골라 가장 극적인 단어를 찾는다
아름다운 지진이란
지구의 맨 끝으로 달려가 구두를 잃어버리는 것
멀리 있는 산이 침을 삼킨다
하늘에선 땅을 잃은 문장들이 장작 대신 타고
원을 그리며 날던 새들의 깃털이 영하로 떨어진다
원점은 어딘가 빙점과 닮았다
양철 테두리를 한 깡통처럼

전력을 다해 서 있는 트랙처럼
잠시라도 폼을 잃어선 안 된다
전광판이 꺼지더라도
경기가 끝나면 유니폼을 바꿔 입어야 한다

엑스트라

일어나지 않은 일 때문에 고민한다 헬멧을 쓴 태양이 이동한다 두 개골은 탄로난다 꿈을 꾸듯 매번 편백나무 앞에서 길이 비낀다

이어폰을 따라 송출되는 악보들, 추적추적 비 내리는 날들

시장 한복판, 빙판 위의 스쿠터가 발끝으로 매복한다 당분간 바닥만 생각하기로 한다 정지를 준비하는 동안 담장이 필요하다 약간의 문신을 팔뚝에 묶어 둔다

핀란드 껌을 씹으며 핀란드만 생각하고, 우체국은 우체국이 아닌 것만 배달하는

횡단보도에 어울리는 그림이 되기 위하여 기다림에 익숙해진다 입간판의 일은 최선을 다해 부인하는 것 백화점보다 좋은 물건을 백화점보다 싸게 파는, 말하자면 그는 늘 신상품이다, 훌륭한 배경이다

지도에도 없는 바람이 전단지에 싸인다 가판 위에서 덜그럭거리는 뼈마디들

문득 누군가의 기일처럼 무거운 눈빛이 한참 서 있다 간다 동전 속에는 언덕의 잔뿌리가 계단까지 뻗는다 일어나지 않을 일 때문에 웃는다

　렌즈에 잡힌 맹수처럼 포효하듯 절정에 오른 확성기 쑤욱, 커다란 손 하나 점퍼 속으로 들어온다

여름의 맛

그는 분라쿠를 좋아했다 철공소는 무서운 속도로 붉어진 녹을 벗기고 장갑을 벗으면 손가락이 사라진다 손가락을 묻어 주고 온 날 뜨거운 쇳물은 누가 부어 놓았을까 없던 손끝에 용암이 맺힌다 밤마다 그려 보는 지도에서 허공만 더듬었다 고슴도치가 지나간 식당 앞 호스가 먼저 입을 열자 점심시간이다 겨드랑이가 가렵다 전화를 받던 손과 발이 뒤섞인다 인간이라는 궤도에서 뭉쳐지는 표정

　　＊

무성영화처럼, 죽은 다음에야 생년월일을 떠올리듯 분수가 쏟아진다 맞은편 시골 다방 앞, 그녀는 오후 두 시처럼 고정된다 다리를 꼬고 하품을 하는 피사체에서 골방의 냄새가 난다 여자의 치골에는 열대야 같은 게 묻어 있다 처음부터 잘못 든 길은 위성으로도 찾을 수 없어 브래지어 안의 한쪽 가슴은 오지가 되었다 벌레를 물고 날아오는 여름, 창틈으로 날아가는 그늘, 늦도록 발을 씻어 주고 싶다

　　＊

수돗물에 풀어 놓은 소독약처럼 그와 그녀는 감염된다 복잡한 의미들이 앞 단추를 뜯으며 지나간다 몸의 빈 곳을 만져 주는 저녁 개

들의 울타리가 수십 년 전의 콩나무를 타고 오른다 철조망에 호박잎
처럼 매달린 개의 얇은 귀들, 옷 속에 손을 넣고 움직이는 인형, 분
라쿠를 좋아했다 혀를 내민다 처마 밑으로 투둑 얼굴이 떨어졌다

 * 여름의 맛: 하성란의 소설 제목과 동일

저녁의 열쇠공

치열이 고르지 못한 퇴근 길
눈 녹은 먼 산처럼 그는 듬성듬성 웃는다
느티나무가 그려진 벽으로 발을 들여놓으면
전자회로가 가득한 방
더러는 열 수 없는 문도 있는 것이다
한때는 지평선이라도 열 것 같았지
그런데 왜 모든 손잡이는 이별을 상징하는지
만능 키 같은 대답은 애초부터 없었다
그해 겨울 아내와 여행을 계획했었는데
손끝의 감각이 무뎌질 무렵
자전거를 타고 갈 때면 아이들이 따라 왔다
바큇살에 잘려지는 아이들의 그림자엔 녹말가루 같은 게 묻어 있다
그는 늘 아내가 뜨개질한 스웨터를 입는다
온몸을 돌다 나온 정맥이 붉은 실밥으로 뜯어지도록
열쇠 구멍에서만 바로 보이는 세상
그녀 몸에서 자라던 그를 닮은 시간도
캄캄하게 연결되던 허공도
놓고 싶지 않은 주소들을 만지작거렸다
재작년 묻은 아내는 어떤 입구가 되어 있을까
좁은 곳을 들여다볼 때 마음은 납작해진다

덜컥, 망치로 두꺼운 밤하늘을 두드려 본다
설혹 다친 바람이 망설이게 만들더라도
잠이 오지 않는 밤에는 쇠붙이들을 모아 연을 만든다
어깨에 꼬리를 매단 쇠붙이들이 붉은 정맥을 물고 달아난다
순수한 곡선이 되어서야 입구와 출구는 맞물리고
부서져야 열리는 바람의 굽은 뼈들
누군가 두드리고 간밤이면 잠을 설쳤다

연금술사

목장갑이 허공에서 물을 흘리고 있다
파피루스에서 피가 빠져나간다
바다는 방향을 잃고 수은이 녹는다
오래전 죽은 사람의 갈라터진 손등이 떠오른다
겨우 바람의 입구에 들어선 잎들처럼
손가락이 빠져나간 후의 적막이 타고 있다
아주 잠깐, 물이 사라지자 드러나는 소금의 문자들
램프가 흐릿해지면 염전 위에 게으른 불을 놓는다
진흙 판화에는 달과 태양의 주물이 부어진다
현자의 돌에 지문이 남지 않는다면
돌은 자신의 얼굴에 새겨진 지도를 읽지 못할 것이다
물 밖으로 여러 갈래의 길이 머리를 내민다
오른쪽 팔과 왼쪽 다리를 잃어버린
길은 아무것도 결정하지 않았고
땅의 열쇠를 찾던 영혼은 불의 갑옷을 입는다
유황의 거친 저녁으로 만든 은화처럼
혹은, 눈물을 쏟아 버린 눈꺼풀처럼
아버지의 붉은 손바닥에는 아직 흙이 묻어 있다
버스 정류장에서 스핑크스가 눈자위를 붉히며 서 있다

도마뱀

꼬리가 끓는다
불꽃을 뿜는 절단기에서 강물이 잘린다
무어라고 외국인 노동자 몇이 떠들며 지나간다
솟구치는 것에는 마개가 필요해
거울 앞에서 입을 벌리면 눈에서 멀어지는 느낌
핏줄이 서자 눈알이 오그라든다
손가락이 몸을 떠났다 손가락이 몸을 버렸으므로
양말을 벗어 놓고 간 현관에 겨울이 도착했다
숨을 쉴 때마다
선반으로 밀어 낸 파도가 목구멍을 막는다
보호색은 보호받을 수 없는 구역일까
목에는 빗금이 그어진다
멀미나는 크레졸 냄새를 풍기며
가지가 잘려 나간 곳에서 머리를 꺼낸다
기울었던 중심이 뭉툭해지던 날
인터넷에서 나무로 환생한 개의 모습이 유포된다
의족을 하고 상자처럼 몸을 쌓았다
창고에는 불가능한 부속품들
밀랍은 절제된 균형을 유지했다
세상의 모든 단면을 운동감 있게 그렸다

물집하나 터뜨리듯
산이 끊어진 곳으로 물갈퀴 같은 해가 오른다

책으로 만났던 이들이 나를 선택…
눈 밑이 뜨거워

올해는 유독 어머니의 투병이 아름다웠고 건강을 찾은 그녀에게서 상상할 수 없는 감사의 의미와 진폭을 깨달았다.

서랍 어디쯤에 크로키한 태양이 있을 것이다. 나는 그것을 점퍼 안쪽 주머니에, 또는 뒷주머니에 꼬깃꼬깃 넣고 다녔다. 어느 순간부터는 그것을 까맣게 잊었다. 특별한 일도 아니었다. 누구나 잊고 산다.

나는 어느 지층에 숨어 있던 언어였을까. 어떤 문장은 대답할 수 없어서 무거웠고, 어떤 대답은 질문의 근처에서만 맴돌았다. 밤의 유전자가 열목어처럼 자라는 것인지, 열목어에선 왜 자꾸 눈먼 단어들만 떠오르는지. 열차가 지나간다.

우선 영덕 스님께 감사드린다. 막막하던 내게 화엄을 소개해 주셨고 감수성을 잃지 말 것을 당부하셨다. 난 스님이 야단치셨던 그 계절을 잃고 싶지 않다. 이원 선생님, 퇴고를 가르쳐 주셨던 그분을 감격스런 8주라 부르고 싶다. 12월 1일 임택수 형을 처음 만났다. 그리고 차영일……, 말을 아껴야 할 사람들.

서울에서 이주해 적응하기 힘들던 울산 생활이 있었다. 이런 형태의 이주는 언제나 상투적이고 적응의 실패는 늘 언어가 문제다. 세리을이란 고교 문학 동아리에 들었고 재미있었다. 오래전이지만 이런 일들은 대체로 잊히지 않는다.

무엇보다 책으로만 만나 뵈었던 분들. 나를 선택하셨다. 말들이 수증기처럼 끓어오르며 눈 밑이 뜨겁다. 그런데 어떻게 표현하더라도 굳어진 수증기는 이렇게만 고정되는 것이다.

이시영, 황인숙 선생님. 진심으로 감사드립니다.

"균열·의외성… 자본의 시대,
시가 필요한 이유 증명"

선자들 손에 마지막까지 남은 작품은 네 편이었다. "벚꽃은 지상에서 초속 5센티미터/ 속도로 떨어지고 있겠지"라는 빛나는 감성을 품은 「휠체어 드라이브」는 무리하지 않으면서 자신의 직관을 형상한 작품이었다. 그러나 세계를 조용히 응시하는 이 시편은 시인의 상상력이 뜻밖의 시적 전개로까지 이어지지는 못했다. "간밤 느티나무 찻상이 쩍/ 갈라졌다"는 직핍으로부터 출발한 「느티나무 찻상」은 사물의 갑작스러운 붕괴로부터 빛과 향을 흡입하는 착상이 신선하고 발랄했다. 그러나 이 시인 역시 예상 가능한 상상력의 구도에서 비약하지 못한 채 익숙한 은유로 생의 비의를 드러내는 데 안주했다. 어느 병동에서의 남녀의 갈등을 바둑에 빗대어 "버릴 것을 버려야 한다는 결심을 가진 백과/ 그것을 초조하게 바라보는 흑 사이"로 묘사하며 사뭇 긴장감을 자아 내는 '직선을 이탈한 두 남녀가 모이는 점' 역시 우리 삶의 한 단면을 아프게 드러냈으나 곳곳의 상투적인 시행들의 병렬로 인해 이른바 언어 자체가 살아있는 '물활物活'의 경계에까지는 이르지 못했다.

응모작들 중 가장 두드러진 작품은 「선수들」이었다. 함께 응모한 다른 작품들도 그러했지만, 이 시인은 무슨 제재를 다루든지 일거에 대상을 장악하여 자신만의 독특한 화법과 리듬으로 시를 운산運算하는 범상치 않은 솜씨를 보여 주었다. 특히 표제작인 「선수들」은 언어와 언어가 충돌하며 파열하는 섬광 같은 것을 뿜어 내면서 자기 시를 "전력을 다해 서 있는" 삶의 트랙으로 밀어붙인다. 그리하여 이 시는 시적인 것으로부터의 일탈을 통해 '다른 시'를 창출하는 데 성공했다. 한치의 오차도 허락지 않는 이 주밀한 자본의 세계에서 시가 필요한 것은 바로 이 균열과 의외성이다. 트랙 끝에 무엇이 기다리고 있는지 우리는 모른다. 결말을 짐작할 수 없는 것으로의 이 과감한 투신의 성과를 당선작으로 미는 데 우리는 주저하지 않았다.

심사위원: 이시영 · 황인숙

김민율

본명 김정순
1978년 강원도 강릉 출생
서울예술대학 문예창작과 졸업
중앙대학교 예술대학원 문예창작 전문가 과정 수료
2015년 한국경제 신춘문예 시 당선

bluetree5-1@hanmail.net

■ 한국경제/시

비커의 샤머니즘

비커의 샤머니즘

굴러다니는 돌 하나 주워 주머니에 넣고 숭배한다
소원을 돌에게 말하고 우물에 던진다

대낮의 우물은 하늘을 번제하는 제단
저녁의 우물은 마력이 기거하는 당집

아이를 바쳤다는 소문에 이끼가 끼어 있다
물의 나이테를 열고 바깥을 엿듣는 누가 있다
두레박을 내려 몇 번이나 얼굴을 퍼올려도
제단에 바쳐진 아이가 사라지지 않는다

비커는 어린 시절의 설화
눈금에 다다를 수 없는 기억이 웅크리고 있다

수년 동안 던진 크고 작은 돌들이
내 뒤통수와 등짝을 닮은 기억을 보글거리며……
눈금 바깥을 초월하고 있다

물이 기포로 기포가 증기로 변하는 것은
아이의 주먹을 펼치는 주술일까

모든 손마디를 다 펼치면 '아무것' 이란 게 우글거리는

이미 기억을 개종한 내가
한 손에 다른 비커를 움켜쥐고 있다

고깔모자 기념일

머리에 쓴 생일파티 고깔모자는 기억 속, 크리스마스트리이다

큰 화분에 심은 어린 소나무 반짝이고 있다 포만을 모르는 아이들
은 가난에 꼬마 전구를 켠다 모두 감은 눈에 적은 소원을 시선으로
매달아 놓는다 기적은 내일 아침 완성될 거라 믿는 아이가 꼭대기에
별빛을 걸어 놓는다

작은 은종 소리처럼 모여드는 웃음소리들

구멍난 내복 속으로 바람 몇 개가 드나드는지 세는 아이가
천국의 소재지를 묻는 기억을 버린다

불 꺼지고,
실루엣에 숨은 크리스마스트리,
종소리가 어둠의 입구를 찾지 못하고 있다

헤매는 까치발을 화분에 옮겨 심으면
제 이름이 적힌 초대장에 손끝이 닿을 것 같다

도장에 채록된 소녀사少女史

달무리가 초경에 도착하자 떠나가는 몇몇 아이들
그중에는 이제 막 도장 안으로 편입되는 이름도 있다

아버지는 회양목을 사포에 문질러
초경흔 만한 달빛을 채취하고 둥근 테두리를 친다
시점 0이 흐른다, 멈춘다
달빛의 수평을 잡고 달빛을 잘라 이름을 새긴다
마침내 음력의 관습에 따르는 이름이 바깥을 상상한다

울타리 안에서 월면의 얼룩이 돌올해지고 있다

아이들이 부르던 각설이 타령은 달무리 바깥으로 사라지고
오곡찰밥을 얻으러 다니던 걸음들 도장 글씨 같은 골목에 갇혀 있다

기억을 후 불면, 회상록에 기록된 신작로가 열리고
계절이 외투를 벗으며 마을 바깥을 기웃거리고 있다

오리부리처럼 봉숭아꽃을 물들인 스무 살 손톱이
호주머니 속 지문을 문지르며 신작로 밖으로 사라진다

외곽이 무너진 도장이 이름을 놓치고 있다

입김을 불어 떠나간 이름을 불러 보면
외곽부터 지워지는 메아리가 희미하게 들린다

손끝에 입김을 부는 풍습은 망각이 관습인 마을의 주문이다

똥에서 별까지

널빤지 두 개를 가로질러 놓은 변소에서
혼자 똥 눌 수 있을 때까지는
엉덩이와 마당 사이에는 거리가 없다
아버지가 내가 눈 똥을 한 삽 떠서 돼지에게 던져 준다

내가 유성을 바라보며 자라나는 속도로
꿀꿀거리는 소리가 끙끙대며 몸을 잊어가고 있다

똥에서 별까지는 얼마나 먼 간격인가

마을 사람들이 멱을 땄다
정점에서 해체되는 자모음 몇 근을 내 손에 들려주어
푸대에서 샌 핏물에 무명옷이 물들고

멱 따는 소리가 몇 해째 귓속에 갇혀 있다
햇빛은 몇 시에 소녀 몸에서 출발하는가

소녀들이 "음陰"자를 처음으로 받아 쓴 몸에서
한가운데로 오므리는 습관이 생겨나고 있다
모음 "ㅡ"가 초성 "ㅇ"과 종성 "ㅁ"을 맞추면

동의하는 "음"에서는 순결이
신음하는 "음"에서는 어금니의 압력이 생겨난다

석쇠에서 삼겹살이 분해되고 있다
돼지의 사정 때처럼 어근을 비틀고 있다
"음"이 "꿀"로 지글거리는 동안
돼지라는 별자리는 몇 광년을 달리면 도착하는 간이역인가

돼지가 내 엉덩이를 받들며 올려다보고 있다
아버지가 변소 밖에서 내 이름을 부른다
나는 판자문 문고리를 쥐고 문짝 틈새를 살피는 습관을 만든다

그럼에도, 위대한 배양 접시

1
강낭콩의 첫 걸음; 붉은 색이 돋아나지 않아
대화할 수 없는 이목구비에 네 기억을 심는다
너의 모습은 첫 대면 얼굴에서부터 통증으로 자라난 것
곪아터진 뒷모습에 몇 평의 그늘이 켜져 있다

배양 접시를 볕드는 창가로 다시 옮겨 놓는다

뒷모습을 배경으로 한 앞모습이 더 이상 자라지 않아
꽃받침이 생략된 얼굴에서 표정 몇 송이가 시든다

앞모습을 더 두근거리면 웃는 떡잎을
미완성 표정이라 결론지을 수 있을까

2
감정이 붉은 빛을 오독해 얼굴이 깨어졌다
울음소리로 접착해도 붙지 않아 표정에서 침묵이 튕겨나간다

입이 생겨,
눈이 두 개씩이나 생겨,

웃는 표정에 복종하기 시작한다

　3
실험실 구석에서
채 걸어 보지도 못한 첫 걸음이 시든다

이목구비가 흩어져 서로 다투고 있다
또 다른 내가 옳다고 믿는 나로 군림한다
나는 또 다른 나에게 복종한다

이목구비를 쓸어 담아 온전한 얼굴로 만들 수 없다

아무것도 발아시키지 못하고,

호주머니 속에 자기를 한 움큼 쥔 씨앗들은 모두 몸 어디쯤에 파종되었을까

종묘상 앞에서는 호주머니가 먼저 굶주린다 몸은 모종이 되려고 양지와 음지를 왕복하며 서성거린다 손가락을 오그려 쥔 사람들은 발아할까

몇 개의 가지로 갈라진 간절한 말을 입 속에 파종했다

첫 자음을 발음하는 게 어려웠다 두려움이 쌍떡잎을 발음하는 순간을 주저해서, 종결어미를 못 갖춘 단어가 생겨났다

사랑을 동어 반복 형식으로 고백하는
혀가 자꾸만 헐었다
어순을 잃고 뒷말들이 모두 혓끝에서 고사했다

모종판 앞에 쪼그려 앉았다 양손으로 턱을 괴고 꽃받침과 만날 수밖에 없는 자음을 기다렸다 꿈이 더 이상 자라지 않았고 시도 때도 없이 주기적으로 찾아오는 열병이 지속되었다

이파리보다 먼저, 무작정 꽃을 발화하는 목련의 안쪽에서
오래도록 맺힌 가뭄이 출렁거렸다

당선 통보를 받고…"가장 좋은 때, 가장 좋은 선물 받았다"

시를 처음 만났을 때가 언제였는지 기억나지는 않지만, 열 손가락으로 나를 세기에 충분했던 무렵이었던 것 같다. 농부인 아버지는 십장생 그림을 잘 그리셨다. 그림 귀퉁이에 적어 넣은 글귀의 출처를 알게 된 것은 내 가슴이 한 귀퉁이였음을 눈치챌 무렵이었다. 푸시킨의 시 「삶이 그대를 속일지라도」와 노천명의 시 「사슴」의 구절은 꿈을 동경하듯 목을 젖혀야 읽을 수 있는 높이에 걸려 있었다. 나는 아버지의 고개를 젖혀 놓는 목침에 올라서서 무슨 뜻인지도 모르는 시구와 눈을 맞추곤 했다. 이것이 나와 시의 첫 만남이었던 것 같다.

시와 오랫동안 헤어져 지내고 있다고 생각하던 무렵, 주머니 속에서 웅크린 손을 꺼냈다. 잡을 수 없는 것까지 잡으려고 굵게 자라 있는 손가락이 보였다. 이 무렵 스승 오규원 선생님을 뵈었다. 내 글을 읽으시고 고개를 젖혀 내 눈을 보시며 말씀해 주신, "세계를 보는 눈이 있다."는 한 마디가 나로 하여금 나를 믿게 했고 비로소 웅크린 손이 아닌 주먹을 쥘 수 있는 손으로 시인의 첫걸음을 가다듬을 수 있게 했다.

홀로 걷는 밤길에 불 밝혀 주신 차주일 선생님, 늘 기도해 주시는 김효현 목사님, 무엇보다도 애태움이란 기도를 오랫동안 놓지 않으신 부모님, 첫걸음을 옮겨 심을 영토를 내어 주신 심사위원 선생님들께 감사드린다. 그리고 '가장 좋은 때에 가장 좋은 것을 주신다'는 약속을 지켜주신 나의 하나님께 첫걸음을 잘 기르겠다는 약속을 하며 고개를 젖혀 먼 곳을 오래도록 바라본다.

우물과 비커…새로운 상상력으로 접목한 '이종교배'

한국경제신문만의 특징인 '청년 신춘문예'라는 타이틀답게 푸르고 뜨거운 청년 정신이 깃든 작품들을 만날 수 있었다. 투고작들을 읽으면서 낯설고 도전적인 작품이 더 많았으면 하는 아쉬움도 들었다. 청년의 언어에서 보고 싶은 것은 '두려움'이라는 불가능을 '열정'이라는 가능으로 바꾸는 마술이기 때문이다. 응모자들은 이 점을 한번 뒤척여 보면 좋겠다.

김솔, 김민율, 배지영, 장우석의 작품을 두고 논의했고 최종적으로는 김민율과 배지영으로 좁혀 여러 논의를 거듭했다. 김솔의 「바오밥 씨 이야기」 외 4편은 일상을 유머러스한 서사 구조로 만들어 내는 힘이 있었다. 그러나 언어의 탄력이 약하다. 시적 긴장을 확보할 수 있는 언어를 고민해 본다면 좋겠다.

김민율의 「비커의 샤머니즘」 외 4편은 응모작 전반이 고른 수준을 유지하고 있고, 집중하고 있는 세계가 보였다는 점에서 믿음이 갔다. 성실한 습작 기간을 거쳤음을 느낄 수 있었다. 당선작인 「비커의 샤머니즘」은 구조가 튼실한 작품이다. 우물과 비커의 '이종교배 상상력'이 신선했다. 이 점이 새로운 서정성을 확보하게 했다. 우물-비커, 돌-눈금, 기억-개종의 자연스러우면서도 정확한 전개가 내용의 설득력을 갖게 했다. 절제된 감정의 언어를 가지고 있으니 보다 자유로운 시적 탐험을 시도해 보아도 좋겠다. 시인으로서 첫 호명을 축하한다.

심사위원 : 김기택 · 권혁웅

김복희

1986 진도 출생
고려대학교 국어국문학과 박사과정 재학 중
2015년 한국일보 신춘문예 시 당선

easyastherain@gmail.com

〈공동 당선〉
■ 한국일보/시
백지의 척후병

백지의 척후병

연속사방무늬 물이 부서져 날리고
구름은 재난을 다시 배운다

가스 검침원이 밸브에 비누거품을 묻힌다

바닥을 밟는 게 너무 싫습니다
구름이 토한 것 같습니다

낮이
맨발로 흰색 슬리퍼를 끌면서 지나가고
뱀이 정수리부터 허물을 벗는다

구름은 발가락을 다 잘라 냈을 겁니다
전쟁은 전쟁인 거죠

그는 무너진 방설림 근처에 하숙하고
우리 집의 겨울을 측량하고 다른 집으로 간다

우리 고개를 수그려 인사를 나누었던가
폭발음이 들렸던가

팔꿈치로 배로 기어가 빙하를 밀고 가는 정수리

허물이 차갑게 빛난다 눈 밑에서 포복하던 생물들이 문을 찧는다
인질들이 일어선다

채집도探集圖

선생님은 토한 다음 그녀를 붙잡고 붙잡혀서 우두커니 서 계신다
놓아 주는 곤충은 놓은 사람의 얼굴을 베껴 간다
선생님은 돌로 그것을 눌러 놓고 잊어버리시지만

돌이 작아지지도 않는데 곤충은 넓고 넓어져서 돌 밖으로 퍼진다

선생님, 어디서 그런 옷을 구하셨어요
저는 호주머니가 없는 옷을 자주 입습니다

완곡하게 말을 했다는 생각이 들기도 했다
두 손을 내놓고 선생님의 손을 놓고
곤충을 곧장 죽이는 사람으로 자라고 있다

돌이 들썩거렸다 여자 하나 없는 선생님이란
돌을 도둑맞은 일본식 정원 같을 거었다
선생님은 젊어지신다

그녀는 선생님을 부축한 채
얼굴을 보여 주지 않는다 그는 그녀가 디딘 웅덩이에 가깝다

히든 트랙

화장실 문을 두드리러 나갑니다
쪼그려 앉은 사람이
몇 번이고 문 안쪽을 두드릴 겁니다
대답할 겁니다

거기, 보고 싶어요
불문곡직 따라갈 것 같습니다

　무언가를 꽉 쥔 사람을 보면 울고 싶은 건 나였는데요 기미가 보이지 않았습니다 한밤 음식물 쓰레기통 배를 들췄다가, 덮습니다 머리와 창자를 버리는 사람은 상처입은 사람 나는 사람과 눈 마주치고 싶지 않아요 사람은 너무 자주 웁니다 몸통을 다시 채웁니다

　뒤를 따라 달렸어요 갑자기 저 등을 확 껴안으면 더 겁에 질리는 사람은 누구일까 비 맞고 한데서 쪼그리고 앉아 있는 머리와 창자에게 물어봅니다 함께 가자 권유해 봅니다

　피 흘리는 사람 뒤를
두드리는 자세로
나는 따라갑니다 계속 두드릴 거예요

각자의 방으로 돌아가기 전에

아무도 나를 미워하지 않습니다
사람을 믿습니까, 넘어진 것들은 온몸으로 땅을 위로하는가요
몇 번이나 바닥을 두드리는 건가요

거기, 보고 있어요
엎어진 당신의 뒤를 내가 앞으로
두드리고 두드리는 곳에서

사람은 울어요 피가 쏟아져도 울지 않는 사람은 피가 웁니다

개썰매에서 풀려난 개들

여자들만 살려 놓았다고.
그리고 꿈에서 깨어났다

소리를 지르지도 울지도 않고
노인 아이 여자 중
여자만 남겨 놓았다고.

유형지 어디 비틀거리며 걸어가는 죄수에게
대열은 계속 만들어진다

이 나라에서는 어떤 처형이든 과분하지 않았다
구경꾼들이 외치던
몸을 따뜻하게 해라, 이 말이 미치도록 좋았다

훈련된 개는 계속 사람을 좇는다
피에 가까운 쪽으로
가로수는 서 있다 가로수는 선다 가로수로 태어나지 않았다

그림자에도 목소리가 있다면
수저를 몇 벌이나 놓아야 할까

눈을 뚫고 무시무시하게 키가 자란 나무들을 본다
들려오는 말을 듣고 싶었다

"지진이 나도 무너지지 않는, 잘 휘어지는 건축물을 짓고 싶습니다"

자주 슬프고 화가 많이 납니다. 그런데 무서워져서 화를 낼 수가 없었습니다. 그런 저에게 시가, 저로 하여금 무엇도 할 수 없도록 가슴을 뜨겁게 하고, 어떤 말을 해야 할지 몰라 하는 이상한 입 모양을 주었습니다. 이것이 저를 자꾸 방에서 나오게 하고, 어디론가 데려가고, 사람들 앞에서 말을 더듬게 합니다. 많이 더듬어서, 더듬는 것으로 기공이 많고 잘 휘어지는 건축물을 짓고 싶습니다. 지진이 나도 무너지지 않고 사람들을 잘 재워 주었으면 좋겠습니다. 저도 그 건물에서 잘 자고 싶습니다. 그런 건물 부자가 되어서 세 같은 거 받지 않고 다들 살았으면 좋겠습니다.

대책 없이 낙관적인 저를 살펴준 가족과 친구들아, 고맙습니다. 진도에서 태어나 노화도, 고금도, 완도, 광주를 거쳐 지금 서울입니다. 당신들이 제가 모자란 짓을 저지를 때 지켜봐 주고, 다정해 주어 이만큼 삽니다. 저도 사랑합니다. 저를 제자로 받아 주신 강현국 지도 교수님, 고맙습니다. 글과 음악과 농담을 공유하는 문우들, 많은 술과 커피를 함께 마셔 주고, 서로의 글을 읽어 주기도 하는 아름답고 미친 바보들, 고맙습니다. 제가 종종 없어져도, 다시 나타날 때마다 어깨동무해 주세요. 부탁합니다. 오랫동안 책으로만 만나 뵈었던, 그래서 저 혼자 좋아했던, 남진우, 이문재, 황지우 심사위원님들, 고맙습니다. 진심으로 쓰겠습니다. 시 쓰는 게 좋다는 제 말을 들어주신 신용목, 이영광, 권혁웅 선생님, 고맙습니다. 저도 조용히 쓰겠습니다.

몇해 전, 당신께서 하신 말, 멈춘 자리에서 오래 머무르라는 그 말이 제 창문입니다. 방에서 나왔다고 생각했지만 계속 다른 방일지도 모르겠습니다. 뛰어내리지 않고 계속 쓰겠습니다.

윤종욱

1982년 경북 예천 출생
강남대 국문과 졸업
서울예대 문창과 재학 중
2015년 한국일보 신춘문예 시 당선

cosmicsea@naver.com

〈공동 당선〉
■ 한국일보/시
방의 전개

방의 전개

밤새 발밑에는 좁은 사막이 쌓였어요
새벽은 불투명하게 돌아왔고
매일매일 더 늙은 모습으로
우리는 입이 말라 버린 나무
조금씩 빠르게 허물어지는 어둠처럼
우리는 잎이 진 사람
침묵을 정확하게 발음해 보세요
턱 끝까지 숨이 막힐 만큼
우리가 창문이 없는 방이었을 때
내일을 열어 볼 수는 없었어요

우리가 방에서 갈라져 나온 뒤에
우리는 식탁의 높이에 맞춰 앉았어요
모래를 모두 쓸어 낸 몸으로
표백된 셔츠를 입고
찻잔의 깊이와 끓는 물의 부피를 재며
우리는 눈대중으로도 알고 있었어요
어둠이 얕은 곳에서는
언제 눈을 떠야 하는지를
어디에 눈을 둬야 하는지 말이에요

시계는 벽을 등지고 있었는데

시계는 무엇이든 가리키려 하고
우리는 익숙해질 시간이 필요해요
사막의 발단을 출발하여
가느다란 아가미가 발생하기까지
우리는 진화하는 걸까요
밖은 왜 여전히 어두운 거예요
우리의 아침을 활기차게 열어 보세요
분주한 아침이 지나고 나면
엄마가 시키는 대로 문을 닫고
우리는 방으로 들어갔어요

방의 발단

나는 미래의 몸값으로 맨손을 지불했다

이별이라는 것은 가는 점선으로 이루어졌다

외면하는 것이 사람의 일이라면 입술의 최소 단위는 나였다

머리를 발명할 때마다 못 쓰게 된 얼굴을 옷장 속에 넣어 두었다

나는 거울에 달라붙은 잎의 결말을 보았다

거울과 나 사이에 목소리가 잠긴 목들이 빽빽이 돋아나 있었다

나는 끊어진 말을 잇지 않기 위해 끊임없이 빈말을 하고 있었다

나는 감소하고 있었지만 그것은 작은 약속에 불과했다

아무리 잘라 내도 머리카락은 자꾸만 머리 밖으로 삐져나왔다

죽은 공기들의 반대편에서 어둠이 자라났다

어린 사람들은 어른스럽게 죽는 법을 몰랐다

나는 얼굴도 없이 불분명한 것들을 목 위에 얹고

나는 밤새도록 닫힌 방들을 뒤척이고 있었다

한밤중의 바깥에서 젖은 새들이 증발하는 소리가 들렸다

산책하는 밤

우리는 좁은 눈길을 따라 걷고 있었어요 우리는 일정한 간격으로 깜빡이는 신호등이고요 발길이 뜸한 열두 시를 횡단하며 눈 밖으로 뻗은 눈빛의 구조를 살펴봤어요 구불거리는 곡선들이요 곡선으로만 이루어진 표면들을 구불거리지 않는 직진의 방법으로요 우리는 매일 다른 입을 열었습니다 별다른 이유 없이

키스는 퀴즈처럼 맞혀졌어요 놀이터에 길고 짧은 혀를 세웠고요 미끄럼을 타는 행동들 사이에서 빨라지는 수직의 궤적을 따라 동시다발적으로

아무도 아무 일도 일어나지 않았습니다 주저앉은 바닥 위에 벤치들이 주저앉았습니다 벤치 위에 주저앉은 우리는 숨을 코밑까지 잘라 냈고요 별다른 이유 없이

우리는 좀 더 구석진 밤이 되어 갔어요 우리는 비닐 같은 서로의 몸을 끌어다 덮었고요 발 디딜 틈 없이 밤의 고요들이 북적이고 있었고요 우리를 열고 나간 밤은 돌아오지 않았고요

물 속의 낮

우리의 다리들이 물의 핵심을 휘저었을 것이다
추락하려는 프로펠러는
심연은
발목에서 빠진 발들이 한데 고여 있는 느낌
우리는 목에 걸린 말끝을 흐렸을 것이다
물 속에서의 눈앞도 흐렸을 것이다
물 밖에서도
우리는 젖은 물이 되고 있었을 것이다
우리는 굴절되었다가
용해되었다가
물 속에는 어떤 입 모양이 남았을 것이다
입 모양만 봐도 알 수 있는 말들과
몸의 의미를 알 수 없는 입 모양들이
시쳇말처럼 떠올랐을 것이다
사람이었다는 듯이
손을 길게 뽑아 들고
우리는 물의 속력으로 점점 더 가까이
물의 감정에 빠져들었을 것이다
물 밖에서 점점 더 멀리
마음속이라는 것은

모든 우리를 뒤섞어 질게 말아 버린 느낌
우리는 얼굴마다 낮의 무늬를 새기고
몇 리터의 몸을 잊었을 것이다
아마
물 밖에서는
섞이지 않는 것들의 발끝은
우리는 우리라는 것을 기억했을 것이다

방 안에 갇힌 나의 방에서
창문을 두드리고 깨뜨려

방 안에 빈 방이 들어와 앉는다. 나는 빈 방 안에 닫혀 있다. 닫힌 방은 나를 열어 보지 않는다. 나는 초점이 나간 머릿속을 뒤적인다. 밤새도록 침묵이 휘몰아친다. 침묵은 나를 깨트린다. 나는 주워 담을 수 없는 말이다. 나는 아무 말도 아니다. 아직 아무 말도 아닌 나는 여기에서부터 다시 발생한다. 다시 눈이 생기고 다시 귀가 생긴다. 다시 어둠이 보이고 다시 어둠이 들린다. 최초의 방식은 이렇게 시작된다. 내가 어둠에 희석되는 동안 방 안에는 두 개의 세계가 공존한다. 고립된 나의 세계와 스스로 자립하려는 세계. 안의 세계와 밖의 세계. 어둠이 무서운 나는 스스로 자립하려는 세계에게 목을 건다. 목은 점점 더 길어지고 점점 더 길어진 목은 점점 더 발끝에 닿아 있다.

그러므로 다시 방 안이다. 방은 누구에게나 존재한다. 존재는 누구에게나 존재에 대해 묻는다. 나는 시간을 허비하는 데 시간을 허비하며 나는 방의 안과 겉을 뒤집는 데 몰두한다. 나는 오랫동안 창문을 두드리며 나는 오랫동안 창문을 깨트린다. 아마 신선한 공기와 칼날 같은 빛이 반쯤 잠든 나를 깨울 것이다. 까먹지 않는다면

방은 곧 전개된다.

김행숙 이원 선생님, 황지우 이문재 남진우 선생님, 한국일보사에 헤아릴 수 없을 모든 마음을 드립니다.

발명과 발견, 색깔 다른 두 신인
서로의 장점 배웠으면

시에서 발견과 발명은 구분된다. 발견이 낯익은 대상에서 낯선 의미를 찾아내는 과정이라면, 발명은 대상과 무관하게 낯선 의미를 빚어 내는 과정이라고 말할 수 있다. 그래서 발견은 소통 가능성(서정시), 발명은 소통 불가능성(비서정시)과 직결되고, 다시 발견은 언어의 투명성(우리), 발명은 언어의 불투명성(나)과 연관된다. 우리 현대시는 발견과 발명 사이에 서식한다.

최종적으로 두 편을 놓고 논의가 이어졌다. 발견인가, 발명인가. 한 작품은 습작기가 단단해 보였다. 방(가족)을 중심으로 대상을 장악하고 그것을 질서화하는 능력에 신뢰가 갔다. 동봉한 응모작 수준도 일정한 편이었다. 반면, 다른 한 작품은 앞의 작품과 대척점에 자리했다. 재난 상황이라는 대상을 넘어 낯선 이미지를 통해 이질적 세계를 구축하는 데 집중하고 있었다. 전자는 발견의 시, 후자는 발명의 시에 가까웠다.

발견의 시가 윤종욱 씨의 「방의 전개」였고, 발명의 시가 김복희 씨의 「백지의 척후병」이었다. 윤종욱 씨의 경우 「방의 발단」이나 「숲」도 당선작으로 손색이 없었고, 김복희 씨의 「토마토라 한다」도 인상적이었다. 윤씨는 안정감이 돋보였고, 김씨는 상대적으로 가능성이 커 보였다. 심사위원들은 고심 끝에 두 신인을 동시에 문단에 내보내기로 했다. 서로 다른 개성이 발명을 아우르는 발견, 발견을 아우르는 발명의 길을 열어나가면서 우리 시의 풍요로움에 기여할 수 있을 것으로 판단했기 때문이다. 시인으로서 탄생 장소와 시간이 같은 두 신인에게 두

배의 축하를 보낸다.

　최종심에 오른 나머지 두 편의 시도 오래 기억될 것이다. 김유 씨의
「성찬의 시간」이 갖고 있는 미덕은 가독성이었다. 일상적 언어를 능란
하게 직조하는 능력이 깊이의 시학과 결합한다면 보다 성숙한 차원으
로 올라설 것이다. 고동식 씨의 「금단」은 진술(아포리즘)이 묘사를 압도
하는 대목이 못내 아쉬웠다. 진술과 묘사 사이의 균형을 찾아낸다면 조
만간 우리 시의 전면에 나타날 것으로 믿는다. 분발을 바란다.

심사위원: 황지우 · 이문재 · 남진우

김성호

1987년 충북 청주 출생
서울예대 문예창작과 졸업
동국대 문예창작과 졸업
2015년 세계일보 신춘문예 시 당선

ssun-g@hanmail.net

■ 세계일보/시
로로

로로

나는 너에 대해 쓴다.

솟구침, 태양의 계단, 조약돌이 되는 섬; 깊은 수심에 가라앉은 이
야기를 떠올리다가 나는 너를 잊곤 한다.

로로, 네 빛깔과 온도를 나는 안다. 네 얼굴이 오래도록 어둠을 우
려내고 있는 것을 안다. 더 이상 깊지도 낮지도 않은 맨살 같은 나날
을 로로, 나는 안다.

네가 생각에 잠길 때 조금씩 당겨지는 빛과 무관한 조도를 안다.
마음에 마음이 부딪혔다. 소리가 났다. 그쯤은 네게 자주 일어나는
일이어서 내 망각은 너의 미래에서 쑥쑥 자란다.

마을은 물에 잠기고 고통은 가장 가볍다. 로로, 내 한 살 된 부엉
이를 로로라 부를 때 날개에 대해 적고 싶은
두려움도 모른 채 쿵쾅이는 마음을 너는 알까? 여긴 쓸려갈 거야,

온 마을의 고양이가 낮 동안 밋밋하게 비상하는 것을, 환호도 없
이 사라지는 것을
너는 알까? 로로, 우리 모두는 네 내면과 살았다. 나는 그곳에서

눈에 띄지 않는 한 형상이었다. 우린 오래도록 있어도 고요한 줄 몰랐지. 나는 오늘 온통

상처투성이여서 내일도 빛을 삼키고 반짝일까 무섭다. 사지를 갖추고 내일이 지상에 엎드릴까 무섭다. 로로, 나는 널 부르면서 여전히 네가 고스란히 피어오른다고 생각하는 걸까. 그동안만은 날 잊곤 하는 걸까. 로로, 네가 들린다. 언제일까?

로로, 나는 너에 대해 쓴다.

내면에 내면이 쏟아졌다. 카스트라토

구름, 비틀림, 작은 의식, 이런 것들을 떠올리곤 하다가 나는 다시 너를 잊어버린다.

혹은 바람

쉼보르스카—하고 불었다. 시원한 어감이다.

나 좀 다녀올게. 이 말의 주인은 돌아오지 않자 돌아오지 않는 말이 되었다. 나 다녀올게. 바람이 불었어.

시간이 다 되었어. 영원한 나는 왜 아직 돌아오지 않나.

아무 느낌 없이 손끝에 닿는 어둠을 중얼거리나. 미간의 휘어짐.

혹은 바람. 나무가 되어 서 있는 말이 나무를 생각하다 텅 비어 버렸다 해도

바람이 불었다.

멀면 아득히 닿을수록 먼 이곳에 숨이 눕는다. 늘 반듯이 누워. 잠이 자기 시작한다.

오후의 일은 오후에. 오후의 실감은 아마 그러한 오후에.

돌아왔다면 너무 더디게 돌아오는 중이어서 더 이상 그 끝을 알지 못하겠지.

고통을 표현하는데 전신이 밝아지는 건 왜일까. 아침에 눈을 떴다. 점심에 눈을 감았다. 바람이 불었다.

새벽이 날을 만들었다. 많아지는 나무들에 있었다. 이제부터 시작하려는 시는 늘 그랬듯 쓰지 못한 시. 바람이

나를 불렀다고 생각하지 않는다. 나를 통과한 목소리마저 실어갔다고 생각하지 않는다. 널 부르고

네가 나타났다고 생각하지 않는다. 넌 분 거야, 너는 바람처럼, 시원한 어감처럼 그냥 여기에 온 거야.

돌아온 적 없이. 나는 이만 줄일게. 인사가 시적일 때가 있다.

어제는 바람이 몹시 불었어. 저녁이 다 되었어.

쉼보르스카―하고 불었다. 첫걸음을 떼며. 바람이 부는 대로.

혹은 제 생각대로.

잔을 높이

도통 시작하지 못하는 말을 찾아서
바뀌는 그늘 다그치지 못하는 상상
말이 없다 늘 말이 없었다
빛이 길어지고 경사가 삐끗대며 울리고 붉게 스미고
홀로 유연한 각들의 긁히는 소리 나는 앉았다
바닥에 앉지 않고 바위에 앉지 않고 나는 앉았다
글자가 씌어진다 뒤바뀌는 파도를 연출하다
구름이 있다면 바람 부는 습지를 가두고 기웃거릴 알싸한 구름
회오리치는 욕조가 있다면 느끼는 살결의 완급에
나는 방을 나가지 않았다 나는 고함을 치지 않았다 나는
눈을 뗄 수 없는데 책상과 간들간들 입자의 분분 나는
잔을 높이 드는데 배치는 어른거리고
낯선 자의 추궁처럼 침묵을 입히다
가느다란 빛에 찬사를 더하다 가벼운 가벼운 여기다
늘 여기였다 너무 급격한 가운데 고백이 더딘 막다른 여기였다
  방금 전의 얘기가 곧 말이 없는 놀란 상태가 된다 어스름은 놀라
워라
  명령은 놀라워라 캐리커처는 놀라워라 짖어라
  잔을 들고 세탁기가 삐그덕대며 돌아가는 찬탄의 강자
  그림자가 움직였다 나는 일어섰다

이것으로 전율을 만들 생각은 없다
책상과 어스름의 흰 줄기가 만난 시끄러운 소리
이것 말고는 볼 것이 없다
빨래가 색을 찾아 섞인다 상상을 가져간다 잔을 높이 들고

살아 본 몸에 가면 된다

오리무중의 노란색 바탕 위에서 크기가 점점 크기를 형성하고 있는 글자체. 궁리하는 빛이 검음에 모였고 그 곡선은 휘어짐이라 하기엔 너무 안타까운 면이 있다. 창밖 풍경은 풍경 속으로 잠입하지 못하고 풍경이라는 것이 있다면 그것은 아마 저런 모양으로 내 앞에 우선은 와 있다. 있는 것이다. 비치는 것이 훤히 드러난다. 그리고 가운데 뾰족한 것이 있어 흩어진 가지들이 처량하고 넘실대며 나무라는 단어를 나는 잊는다. 아깝다 말하기엔 아깝고 모자라다 말하기엔 너무 분명하다. 직전. 글자체는 정성 들여 씌었으며 불꽃. 불꽃은 소리를 내는데 가장 화려한 것이 어느새 화려한 것이 되었다. 사람들은 일촉즉발의 선험성을 지닌다. 발짓이 나를 끌어당기기에 나는 끄는 발을 오므렸다. 시공에 관해 한 마디. 모양과 음성에 관한 사담. 이런 고민은 그러나 적절치 못하다. 바람이 불고 바람은 왜 부는 것이냐, 물었지만 바람은 불고 동그라미는 왜 나를 간단히 하는 것이냐, 물었지만 바람처럼 가득했고 등 뒤에 그가 서 있다면 나는 이 모습을 보여 주리라. 나의 모습을. 가렸던 손바닥을 펴리라. 고요해지리라.

불꽃. 여자와 남자를 가르는 위치에 그런 음성이 있었다. 빛깔들의 정체가 궁금하거들랑 안고 와 쏟아지는 물방울을 삼키고 젖은 몸을 보고 가장 날랜 손가락의 뜨거움을 맛보리라. 그리고 그것은 빛깔들의 정체를 묻게 되리라. 한 글자가 씌었고 두 글자가 씌어서 오랜 우물을 들여다보게 한다. 우물, 가진 게 없는 말이다. 휘어지면서 빨개

지는 곡선에 의미를 부여하거들랑 그가 서 있는 공간이 그의 공간이라고 처단할 아무런 선택이 없다. 나는 나를 주저하는 데 이르렀다. 어떤 어우러짐이 있을까. 고요했다. 여백은 손바닥을 펴고 불을 쬔다. 더 이상 불안한 것이 닿은 믿음에 대해 궁금해하지 않는다. 상승의 크기. 오리무중의 마치 자신을 한껏 오므리다가도 한껏 펼쳐놓으려는 듯한 처절한 동요 속에서 동물들은 내가 상상할 수 있는 가장 유익한 것들이었으나 상승의 크기, 나는 다시 창문 속에서 불친절한 차가움이라고 불친절하게 쓴다.

　해와 늪이 있었다. 기대어 오르는 그림자, 설 수 없는 문이 있었다. 사람들이 총총히 지나갔고 책상이 있었다. 냄새는 지혜롭다,라는 문장을 바라보면서 당연히 불꽃이 만들어 내는 그 전체에 대해 생각했으나 혼자 타오르는 불꽃은 허공 속으로, 무덤이 없는 자들의 비밀 속으로, 그러나 다시 휘감아 오르는 티끌이기에, 동그라미를 확 낚아채가는 바람 속으로, 그러니까 불꽃이 되어 책상 앞에 앉아있다는 투였다. 그랬다. 자비로운 흰 줄기들의 바탕의 검은 줄기들을 섞을 수 있다면 그 내용 없는 부력은 나를 지켜줄 것이다. 나는 열망하고 또 열망한다. 사람은 획득하지 않고 살 수 있다. 사람은 살 수 있다. 저기 바람이 크다. 저기 불꽃이 고요하다. 나에게 다가오는 그림자. 선명한 속삭임이라 부르는 정성들인 몸짓. 거기서 태초의 움직임이 있었다. 아무래도 그랬던 것이다.

검은 액체

눈을 뜰 수 없다
지평선은 나와 있지 않은 평정이다
행을 나눈다 따갑다 반복되는 리듬의 구간이다
웃기 위한 웃음을 화분 속에서 나는 본다
눈을 뜰 수 없다 검은 액체가 어둠을 만든다 검은 액체가
나는 지울 수 없는 구간이고 검은 액체가
따라오고 웃음을 등이 화려하고
어둠과 분간되지 않는 검은 액체
화분을 들고 이동한다
울리는 미간 눈을 꾹 누른다
복사기 두 대
검은 액체 평행을 눈동자 속에서
등줄기가 엇갈려 서 있다
지평선은 와 있지 않은 평정이다

하얗다

광장은 하얗다
지하는 하얗다
가녀린 여자는 하얗다
시인가 보다
저녁은 부드럽다
저물녘은 아름답다
문을 열어 본다
동작에서 멈추리라
그리하여 모르는 새 걷히리라
모든 것은 시작되고
모든 것은 끝난다
나는 매혹을 느낀다
오늘의 백지인가 보다
그리하여 변명은 시작된다
또한 사라지는 사람
사라지는 저물녘
아름다움을 몰아내고
침묵을 도용하기 위해
가장 하얗다
나를 도용하기 위해

무너지는 운명을
나는 알지 못한다
사라질 때에 떼 지어 오는
두근거림이 가장 욕되다
오늘인가 보다
허물어지는 나의 오늘보다
더욱 하얗다

시를 바라보지 못한…그 고통이 날 살렸다

시인이 됐다.

엄마 함순옥
아빠 김기화
누나 김은정

이원 선생님
이준규 선생님

세계일보사 그리고
뽑아 주신
문정희 선생님
김사인 선생님

정말 감사합니다.

시를 썼더랬다. 여름 내내 고양이와 지냈더랬다. 거울엔 내가 있었고
뭘 읽었는데 기억나지 않고 산책로에서 어둠을 바라보다가 너무 무서
워져서 걸음을 돌리는데 집에 돌아가기가 더 무서웠으며 아무 문장이
나 나를 받아 줄 거라 사과를 내리치는 칼에 씻기는 날 시연주를 하고
시 배역을 맡고 욕지거리에 반찬을 입에 물고 이건 반찬이다, 반찬이
다, 각설하고 부글거리고 아, 미쇼와 김록이었지 어둠 속에서 쥬스 주

스 쥬스 주스 쥬스 춤추는 거 같지, 울 거 같지, 이 식별을 감당해 낼 수 없었더랬다. 어제 누군가에게 갔다. 나의 얘기를 했다. 나는 캄캄해졌다. 그가 시라고 생각하지 않소. 아름다운 한 여자라고 생각하오. 어둠은 잠잠하오. 열망 또한 그러오. 그렇게 된 것이오. 가을로 가을에서 겨울로 옮겨가는 자락을 맡고 도대체가 여름으로, 바보와 천재를 하루에도 몇십 번씩 왕복하는 것이다. 대개는 분노하며 칭호에 가려진 자, 그 고통 속에서 빛을 보리라. 나는 죽느니라, 나는 나다. 대개는 흥분에 차 느껴지오? 물음을 생각한다면 당신은 이미 그릇된 정신을 선택한 자요. 아프오. 아프오. 고양이가 터지지 않는 게 싫고 좋았더랬다, 절정을 건드렸더랬다, 쭈그러졌더랬다, 흔들리오. 시, 여름이었더랬다, 시, 바라보지 못했더랬다. 이 판단과 오류가 나를 살았소. 다시 계속 속으로 일구며 집어삼키며 그 혼이었더랬다.

내면을 언어로 투시하는 힘…음악처럼 다가와

우리는 어떤 새 시인을 기다리는가.

우리를 두렵게 하는 동시에 매혹하는 시쓰기, 읽기 전과 후의 우리가 달라질 수밖에 없는 해방과 자유의 에너지를 내장한 시쓰기, 그러므로 쓰는 이뿐 아니라 읽는 이에게도 근원적 의미의 모험이어 마땅한 그런 시쓰기의 시인을 우리는 설레며 기다린다.

시라는 이름의 관행적 작문 방식에 갇혀 오히려 생과 세계의 피 흐르는 실상으로부터 시 자체가 유리되는 자가당착을 돌파하는 패기의 글쓰기, 한국어의 갱신과 재구성이 그로부터 시발될 글쓰기를 기대하는 것이다. 그러면 새로운 것은 무조건 정당한가. 바로 이 오래된 물음을 또한 고통스럽게 치르는 가운데 일종의 시적 윤리성을 확보한 글쓰기이기를 바란다. 우리가 기다리는 것은 진정한 희망의 새로움이지 '새것 흉내'가 아니기 때문이다. 그것은 지난 시대 민중 시풍의 단순 답습이 오늘의 문학적 대안일 수 없는 것과 똑 같은 이유에서 안이하고 나태한 태도이기 때문이다.

최종환, 맹재범, 김성호로 최종 후보를 압축한 다음, 김성호를 이견 없이 당선자로 확정했다. 최종환이 적출해 내고 있는 생의 비극적 아이러니들은 진지하고 시의성 있는 것이었지만, 관점과 시적 사유에서 어떤 투식이 느껴졌다. 더 자신을 던져 넣어 돌파해야 한다고 보았다. 맹재범은 생의 구체와 형상화의 신선함이 있었으나, 전체적으로 어설픈 점이 있었다.

김성호는 내면을 언어로 투시하는 힘, 나아가 그것을 시적 문장으로 조직하는 감각과 내공으로 우리를 움직였다. 그는 확보된 관념이나 느낌, 사실의 서술로 시를 삼지 않고, 참 자체가 스스로 드러나는 언어적 형식으로 시가 기능하기를 바라는 듯하다. 안이 비어 있는 비인칭의 이름 '로로'를 중심으로 이루어지는 마음과 언어의 섬세한 탄주에 귀를 기울이면, 윤곽이 모호한 듯하나 매우 진실하고 예민한 한 벌의 심미적 긴장이 이루어지고 있음을 느낄 수 있다. 김성호의 언어 사용이 구현하는 미감과 아우라를, 처음 듣는 음악을 만나듯 체험해 보기를 독자들께 권한다. 동시에 보이지 않는 긴장이 견지되는 한에서만 이런 시는 유효하다는 것, 그렇지 않을 때 요령부득의 주관적 요설이나 겉멋의 함정에 떨어지는 것은 순식간일 수 있다는 우리의 우려가 기억되기를 바란다. 심사 또한 모험이다. 새 시인의 미래에 우리 자신을 걸고자 한다. 각고의 정진을 당부한다.

심사위원: 문정희 · 김사인

박예신

대구대학교 영어영문학과 4학년
주한미군 대구기지 사령부 캠프헨리, 공보실 인턴 기자
대구대학교 2014년도 행복인재상 수상
매일신문 교육시설재난공제회 주최 2014 재난안전 체험수기 우수상
2015년 매일신문 신춘문예 시 당선

show1121999@gmail.com

■ 매일신문/시
새벽 낚시

새벽 낚시

물상들이 번져가는 어슬한 하늘 움켜 쥔 새벽.
틈으로 푸른빛 스치더니 이내 어둠은 바다를 기억으로 길게 풀어
놓는다.
꽤 괜찮은 미끼를 산 낚시꾼이라면 으레 찾는 그곳.

긴 장대 쥔 어둑한 손들이 끊임없이 베어 대는 채찍소리.
벌어진 암흑 사이로는 가늠키 어려운 뭔가가 일렁이는 듯.
침묵은 침묵을 질러대고 산전수전이 무언으로 공간에 쟁쟁한 순간.

뇌리에 깊이 묻어 둔 별 몇 개는 음파에 부딪혀
검푸른 바다로 떨어지고 은빛으로 부서진다.
하얀 포말 사이사이에 끼어 있는 은빛 조각들이
꾼들의 주린 눈동자 위에 가득 들어찰 때까지.

한 살배기의 미소가 언뜻 지평선에 걸쳐 있다. 하지만,
아이가 휩쓸린 별과 아버지가 뿌려진 달은 슬프다.

혹은 애상을, 혹은 사라진 순간을 건진다고 하는
이른 새벽이 연주하는 푸른빛 안개.

감정이 씨줄과 날줄로 낚싯줄에 엉키거나
그물로 한 움큼 건져지는 민생의 곳.
내일도 이곳을 지배할 만감의 울림은
태양의 저쪽 편으로부터 타오르다가
서서히 붉게 사그라든다.

불망증不忘症

갈잎 맥 따라 진 생채기
아린 하늘에 점점이 내려 돋은
단단한 겨울이 비로소
그 틈을 한 줌 채우던 날
어딘가 낯익은 분홍빛 숨결이 비집고 들어와
기억의 도화선을 스쳐지피다
딱지 아래 결정화結晶化된 옛 감정이
뭉텅이 뜯어져 나와 현재를 뒤덮다

모든 굳어가는 것을 피해
과거 속에 점멸하는 따스함 찾아
미친 개 마냥 헐떡이며 쫓아간 그곳에는
옅은 온기 가둔 빙하만 덩그러니

그 겨울은.

치매

수화기는 꼬부랑 혀가 잘린 듯해 나는
증손의 출생을 바람결에 주워들었다
익명의 에미에겐 고깃국이 좋을 것 같아
대리 사육장 문 따고 나와 도축장에 갔다
끌려가듯 걸어갔다
업자들이 손 탈탈 털며 하는 말
오늘 잡은 따통*은 숨이 참 질겨.
고깃덩이는 핏기 빠지게 찬물에 담가
뭉툭해진 감정은 일회용으로 버려
너무 날카로우면 피곤하니까

물에 피가 밴 것인지 내가 물에 밴 것인지
헷갈리게 찬 소름 돋은 대야. 늙은 내 물씬 나는
질긴 덩어리는 한숨 내쉬듯 외로워 꿈틀댔다.
사방을 찌르는 찬물에 찌든 목숨이
가장자리로 질금질금 배어 나왔다.
차고 넘치는 서늘함도, 긴장도
고깃국에 적당하게 연화되었다.

오늘도 전화는 입이 무겁다

나는 흰 머리칼 묻은 욕조에 들어가 물을 튼다
줄기 가득 쏟아지는 외로움
밸브를 파란쪽 극단으로 밀어낸다.
이 질긴 목숨에서 넘칠듯한 욕조 가장자리를 따라.

*따통: 모돈으로 사용하던 돼지가 늙어 더 이상 상품 가치가 없을 때 지칭하는
  축산 은어

사유의 경계

어둠은 침묵이 등을 켠 흔적이다
휘휘 내저어도 밀려드는 막연한 안개
어둔 방 구석의 새파란 꽃봉오리는
무릎마저 꿇고서 입을 한 가득 오므렸다
깊은 최면이 잠시 나를 이끄는 곳에

나는 나를 열어 뽀얀 먼지 묻은 시를 바라보았다.
별을 노래하던 이와
기침을 하자던 이가 청하는 뜨거운 악수
가슴이 꽉 메여 시구는 양 볼에 주르르 흐르고.

나는 어둠 속 빗장을 열고 나가
깨끗한 별과 바다에 작은 메아리를 울렸다.
한 꺼풀 벗기면 드러날 새벽의 속살에는
내 여린 시 몇 행도 꾹꾹 눌러 찍었다.

바닷바람이 암전된 나를 툭툭 밀어 대 집으로 돌아오면
나는 횃불을 켜 어둠을 태우고
죄패명 침묵沈默이 붙은 십자가에
검은 꽃봉오리 꺾어다 못 박는다

침전된 썩은 용기 줄줄 흐르면
태어나는 맑은 그림자가 비친다.

동묘

동묘 앞 구제시장을 향해 걷다 보면
섧은 소리가 몸을 휘감는 지점이 있다.
낡은 때 묻은 이들의 대열이 해마다 자라는 꼬리로
취한 나그네 생을 쓸어 대는 소리.
흥겹고도 울컥한 사연들은 먼지 되어 폴폴 떠다닌다.
묵은 공기가 곁을 스치며 공간을 바삐 지워 나간다.

습한 벽돌담을 에둘러 죽은 화백이 그린 좋은 시절 몇 점이
동공 위로 창백하게 피어오른다.
끝없이 긴 몽상 위를 방황하다 보면 길의 끝이 나온다.
그곳으로 해마다 이마주름, 팔자주름, 눈주름이 가닥으로 말려 들
어간다.

늙은 삶들은 길가에 흔적을 부옇게 쌓아 놓았다.
그곳에는 간혹 굳은살도 배어 있다.
어수선한 모양새들은 기이한 모습으로 진열되어 있으나
고개를 돌리는 이는 거의 없고 하늘은 다만 침묵 한 뭉텅이 내비
친다.
노인들은 허망하게 새는 삶을 집어다 궐련지에
꾹꾹 눌러 담아 보지만 여의치 않다.

찌든 초점의 눈동자는 도통 읽어 내기 어렵다.

근처 만물상회의 전축은 주름진 트로트를 빙빙 돌려 댄다.
허공에 울리는 파문에서는 쓴 맛이 난다.
한숨에 흐너지는 설움이 트로트와 같은 리듬으로 흘러대는데
참으로 기가 막힐 노릇이다.
가슴 한 구석에 무언가 그렁거린다.

멋진 피라미드

잔혹하고도 높은 그 형상 아래
삼각형 그림자가 마른 죽음을 드리우고 있다
삼켜진 이들의 들리지 않는 비명은 모래바람으로 페이드아웃 되
었고
풍경은 미묘한 자취만을 남긴 채 입을 닫았다
하늘조차 자신을 찔러 대는 그 싯누런 오만함을 이기진 못했을 것
같다
곁에서 뜨거운 비린내가 훅하고 끼친다

태양을 따르는 이들을 따라야 하는 굽은 등허리와 검푸른 몸뚱이는
재료를 위한 재료에 불과했다. 수레를 끌면 입 속에는 뜨거운 모
래가
가득 차곤 했다. 찌릿한 신경들이 우레와 같이 전두엽에 전달되는
바람에 눈물샘조차 본연의 기억을 상실했다. 단말마의 고통은 접근
조차 못할 정도로 아득해지고 혼미해지더니 묻혀 버렸다. 그 위로
파라오의 집이 무겁게 쌓였다. 별일 아니었다.

피 감긴 몸들은 은밀하게 던져져 뜨거운 태양 어디에선가 단단히
식어갔다.
존재의 영광스런 재료가 되면 오시리스와 영겁의 시간을 산다고

했다.

　그들 앞에서 아내들의 검게 탄 저린 두 손은 어찌할 바를 모른다.

　사막 밤을 떠도는 속울음 몇 개.

*오시리스: 이집트 신화에 등장하는 저승의 신

시는 우주 투영…시에 우주를 담고파,
마음 속 별들이 터질 때마다 글쓰기

한 편의 시 속에는 우주가 투영되어 있는 것 같았다. 그 속에는 자전하는 인생들과 얽히고 설킨 산전수전이 클러스터를 이루고 있는 듯이 보였다. 어제와 오늘의 모습이 다른 우주 속에 시인들이 묻어 둔 시어들을 하나하나 캐내어 이리저리 깎아 보고 비춰 보는 과정은 이루 말할 수 없이 즐거웠다. 어느 순간 나 또한 시에 우주를 담고 싶었다. 쉽게 캐내지 못할, 그렇기에 값어치 있는 미묘한 원석들을 시 속에 가득 묻어 두고 싶었다. 이것이 내가 시를 읽고 쓰기 시작한 이유다.

별안간 모르는 번호로 걸려온 전화가 내게 당선 소식을 전했을 때 나는 머리를 어딘가에 쾅 하고 부딪히기라도 한 듯 정신이 아찔했다. 25년을 살면서 그런 느낌을 받은 적은 처음이었다. 덕분에 나도 모르게 작은 비명을 지르고 말았다. 그것도 퇴근길 만원 버스 안에서. 단지 내 작품을 기한내에 투고했다는 사실만으로도 성공했다고 느꼈던 나였는데, 신년 벽두부터 이렇게 큰 상을 받아 몸둘 바를 모르겠다.

나는 시를 전문적으로 배운 적도 없을 뿐더러 대부분의 당선자들처럼 문예창작과를 나왔다거나, 문학 아카데미를 다닌 적이 없다. 나는 다만 이따금씩 마음 속에 고이 숨겨 둔 별들이 터져 나오려 할 때면 펜촉으로 풀어 내곤 하던 평범한 영문과 학생일 뿐이다. 내가 아직껏 펜을 놓지 않게 된 것은, 8할이 어머니 덕분이다. 비록 어머니께서는 칠형제를 거느린 가부장적인 가정에서 태어나는 바람에 글에 대한 뜨거움을 대부분 방직공장 굴뚝 밖으로 날려 보내야 했지만 그 불씨까지 꺼지는 않았던 모양이다. 어머니의 사랑이라는 위대한 도구는 기어코 그뜨거움을 되살려 내었고 감사하게도 나는 그것을 값없이 선물 받은 것 같다. 비록 변변찮은 형편에 학원 한 군데 못 보내 주셨다며 미안해 하셨지만 어머니께선 유년 시절부터 끊임없는 독서, 글쓰기 그리고 시 쓰기를 통해 나를 다듬어 주셨다. 아마 당신께서 받지 못했던 것들을 자식에게 만큼은 전해 주고 싶었던 마음 때문이리라. 어머니께 이 모든 영광을 돌리고 싶다.

또한 부족하나마 나에게 문단에 나갈 수 있는 기회를 허락해 주신 심사위원 님들에게도 감사의 말씀을 전하고 싶다. 한국 문단을 함께 우직하게 이끌고 갈 한 마리 젊은 소가 될 것을 약속 드린다.

시적 형상성에 재능이 자연스레 스며들어 가능성에 기대 걸어 볼 만

예심을 거쳐 선자에게 의뢰된 작품들은 시심으로 보면 공들여 가다듬은 흔적이 역력하지만 감각이나 인식으로는 특별히 새로울 것이 없는 그만그만한 수준의 성취였다. 모름지기 신인이라면 참신함은 물론이지만, 시로써 자신에게 되물으려는 질문 또한 절절해야 할 것이다. 투고된 시편들의 스펙트럼이 연륜의 다채로움만큼 넓지 않았다는 것도 심사자에겐 유감이었다. 마지막까지 논의로 남았던 작품은 김태인 씨의 「안개 서식지」, 김정윤 씨의 「캥거루 주머니 속으로」, 박예신 씨의 「새벽 낚시」, 이윤정 씨의 「모자는 만년필을 써 본 적이 없다」 등이었다.

김태인 씨의 시편은 집요한 비유의 힘이 습작의 공력을 느끼게 하지만, 체화되지 못한 관념이 시를 유연하게 끌고 가려는 동력을 어딘지 모르게 경색되게 한다. 각박한 의욕보다 비약이 가능하도록 여백을 남겨 놓는 지혜가 때로는 소중한 것이다. 김정윤 씨의 시편은 정감이나 의식이 가 닿는 지향에서 어느 정도 견고한 시의 토대를 느끼게 한다. 그러나 응시의 대상과 시적 의도가 각각 다른 주파수를 갖고 있는 듯, 일체화되지 못하는 어색함이 화려한 수사를 공허한 독후에 빠지게 만든다.

이윤정 씨의 시편에서는 서로 무관한 사물들이 포개지며 자아내는 맥락의 삼투가 돋보인다. 그런 의미에서 앞에 언급한 분들에 비해 당선의 수준에 훨씬 가까이 접근해 있었다. 사변적인 주제조차 사물의 구체성에 풀어 넣으려는 주체의 시선은 마지막까지 심사자의 판단을 기우

박예신   93

뚱거리게 했다. 그러나 시의 대상들이 제 본분을 지켜내도록 비유의 상호성을 끈기 있게 살폈으면 하는 아쉬움을 안게 하는 것이 흠이었다.

　박예신 씨의 시편은 시의 미학을 의식하는 문제적 시선이 옅은 대신 해맑고 풋풋한 정감이 잔뜩 묻어나는 시편을 선보인다. 이는 노력해서 얻어 낸 습작의 결과가 아니라 그 나름의 재능이 시적 형상성에 자연스럽게 스며든 경우가 아닐까 판단되었다. 그리하여 이 응모자의 세계는 이즈음 신인들이 보여 주는 장황하고 난삽한 수사적 중첩에서 한 걸음 비켜선다. 아쉽다면 수사적 평면성을 떨치고 저만의 개성으로 부피가 부조되는 시의 구상력을 함께 건사하는 일이다.

심사위원: 김주연 · 김명인

박은석

1971년 광주광역시 출생
2015년 부산일보 신춘문예 시 당선

es1677@hanmail.net

■부신일보/시
탕제원

탕제원

탕제원 앞을 지나칠 때마다 무릎의 냄새가 난다

용수철 같은 고양이의 무릎이 풀어지고 있던 탕제원 약탕기 속 할머니는 자주 가르릉 가르릉 소리를 냈었다 할머니의 무릎에는 몇 십 마리의 고양이가 들어 있었다. 가늘고 예민한 수염을 달인 마지막 약, 잘못 쓰면 고양이는 담을 넘어 달아난다.

밤이면 살금살금, 앙갚음이 무서웠다. 고양이를 쓰다듬듯 할머니의 무릎을 만졌다 몇 마리의 고양이가 사라지고 보이지 않던 할머니들이 절룩거리며 나타났다 빗줄기가 들어간 무릎의 통증 등에 업힌 밭고랑 한가득 들어 있는 무릎

탕제원 오후는 화투패가 섞인다. 화투패는 오래 달일 수가 없다 약탕기 안에 판 판의 끗발들이 성급하게 달여지고 있지만 가끔은 불법의 처방이 멱살을 잡기도 한다.

약탕기 속엔 팔짝팔짝 뛰던 용수철 몇 개 푹 고아지고 있는 탕제원, 가을 햇살은 탕제원 주인의 머리에서 반짝 빛난다. 무릎들이 무릎을 맞대고 팔월 지나 단풍을 뒤집고 있다.

정육점과 자목련 사이에 내리는 비

유리문 너머
소의 넓적다리 걸려 있다.
자색 도장 자국이 자목련처럼 피어 있다
느릿하고 온순하던 얼굴은 어디에 있을까
내내 궁금한 듯 비가 내린다.
빗방울 맞아 부르르 떨던
등짝은 또 어디에 있나
무너질 것 같지 않던 한 덩치가 떠난
내 안에 냉동고 소음만 부르르 떤다.
지상엔 그 무엇도 불완전하고
맥박 소리는 힘 빠진
한 몸을 연신 되새김질 한다

빗줄기에 묶여 있는 정육점 냉동고가
커다란 한 마리 소로 보일 때
자목련 꽃송이를 우적우적
씹어 먹는 소리로 서성거릴 때
차갑고 서러운 냉동고 속은 캄캄하게 오리무중이다

온몸이 상처여도 저렇게 걸릴 수 있고

자색 꽃잎 하나 얻을 수 있다
누구라도 툭 건드리고 가면
자색 숨결 하나
허가 받았다는 듯
툭 떨어트릴 수 있을 것 같다.

테라코타

흙으로 빚었다는 우리는
언제까지 말라야 하는 것일까
한여름 햇볕에서
비바람 지나 한겨울까지
오로지 마르기만 해야 하는 것일까

쩍쩍 흙이 트면서도
앙상한 뼈들이 보이면서도
끝이 없는 죄인으로 살아야 하는 걸까

어쩌다 몸의 한 곳이 부서질 때마다
붉은 피가 또는 눈물이 흐르는 것을 보면
바짝 마르기까지는 아직
멀고 멀었다는 생각이 든다.

다 마르면 부서지는 걱정을 한다.
갈라지기도 하고
틈 사이에서 아주 천천히
한 이름으로 성별로 굳어 가는 것.

평생을 마른이가 오늘 활
활 불 속에서 죽음으로 굳어진다.
죽음의 냄새는 구운 흙 냄새이다
바람의 무의식으로 들어가
굳어 가는 것이 끝나면 싸늘하게
공중을 분해시킬 수 있을까

마르지 않기를 방어하고 있다는 것은
어떤 의미를 더 붙들고 싶어서일까
그렇다면 사막은, 돌은 얼마 기간 동안 마른 것들일까
생물의 시공을 넘어서까지
마르고 있는 것들은
잘 견디고 있는 것일까

민들레의 창작 노트

나는 노란 느낌표
푸른 공기를 들이마시면
톱니 모양 이파리들이 쓱싹쓱싹
봄의 날짜들을 썰고 있다
며칠 전엔 노랗게 물들인 동네 언니인 줄 알았다가
또 며칠 후엔 하얗게 늙은
할머니의 머리카락이라는 것을 알게 된다.

전생들이 떠돈다.
하얀 종이 위를 날아다니며
창밖 공중을 헤집고
가끔은 도시의 하늘을 끊임없이 맴돈다.
가난한 동네의 갈라진 벽 틈에서
누군가 쌓고 있는 바벨탑을 본 적이 있다

벽에서도 꽃필 수 있다는 것
처음에 고개를 숙인 채 가느다란 구멍 사이를 빠져나오고
뚫어져라 바깥을 바라볼 뿐이었지만
종일토록 생각을 비틀다 보면
탑의 설계는 온통 망상으로 하얀 색이 되고 만다.

폭언이 생기고 추운 말들이 일치하면
서서히 지워 가며 말라가는 것이다
그 작고 몽톡한 신발이 생기고 휘청거리는 긴
대롱 위로 몰려든 호흡들
머리핀처럼, 우주선처럼 날아가는
한 편의 완성된 기체가 되는 것이다.

메타세콰이어 길

자전거는 몸무게보다
나이를 더 무거워 하고
덜컹거리는 것은 여전하다

자전거를 타고 달리다 보면 양 옆에서 지나치는 메타세콰이어들,
아직 변성기 안 지난 애인들 같다. 양 옆에서 팔짱 껴 오던 푸릇한
콧수염 같다

아직도 자전거는 덜컹거리며 뛰고 이제 막 돋아난 음모처럼 메타
세콰이어 그림자들 진다

첫 키스는 소실점처럼 아득했다
그 다음부터는 나무마다 기대었던 기억이 있다

예전에 뛰었던 자전거, 지금도 여전히 자전거 바퀴는 두근두근 굴
러간다.

길의 중간에선 양쪽이 다 소실점,
아득하다
지나간 추억도 아득하고

살아갈 날도 아득하다

바람을 따라 휙휙 지나치던 애인들은 어느 소실점들로 몰려가 있
을까
어느 길 옆을 아득히 앞질러 가 있거나 뒤처져 있을까

파닥이는 이파리들 움켜쥐고 여전히 달리고 있는 메타세콰이어
길의 소실점을 향해 자전거 바퀴는 울렁울렁 달려간다.

신천 온천탕

처음엔 아랫목인 줄 알았다고 한다
지구 반대편에서 하루도 거르지 않고
매일 군불 때는 누군가가 있다고 말한다
그 아랫목에다가 기둥을 세우고
문을 달고 욕조를 놓았다고 한다.
뜨거운 물이 콸콸 쏟아져 나왔고
신천 온천탕은 마을의 아랫목이 되었다.

지구의 식은 귀퉁이들
마을 노인들이 모여 든다
한겨울이 몸속 가득한 사람들이
아랫목으로 몰려든다.

지하 350m 깊숙한 암반에서
솟아 나오는 58도의 중탄산나트륨의 천연수
오늘은 물이 더 좋네, 깔깔거리는
으슬으슬 몸이 추운 할머니들
미끌미끌한 물 속에 검은 꽃잎이 떠 있다
뽀글뽀글 물방울 가득 전신을 맡기고
불그스름하게 봄날을 첨벙거린다.

이곳에 오면 어느 구석에
아버지의 밥공기가 따듯하게 숨어 있을 것 같고
이불 다툼했던 자매들이 여전히 깔깔거리고
문틈으로 새어 들어오던 군불 냄새가 날 것 같다.
누구나 한기를 만날 때면
자연스럽게 찾아드는 아랫목
목만 내놓고 물의 이불을 끌어 덮는다.

10년 간 맴돌던 그늘 벗어나 기뻐

제가 사는 곳은 해마다 가장 먼저 폭설이 찾아옵니다. 마치 고요한 은둔처같이 골목과 거리들은 고요합니다. 폭설에 묻힌 저에게 아름다운 소식이 찾아왔습니다. 고맙습니다.

10년을 그늘에서만 맴돌았습니다. 중심을 흔들면 나뭇가지에 얹혔던 눈뭉치들이 우수수 쏟아졌습니다. 언제 어디서나 모든 사물의 끝에는 시가 있었습니다. 시는 나의 폭설이고 그 폭설의 중심이고 바깥이었습니다.

당선 전화를 받고 목도리를 두르고 동네를 한 바퀴 돌았습니다. 신천 온천탕도 탕제원도 모두 고요했습니다. 그래도 가끔 미끄러운 눈길을 조심조심 걸어 목욕탕 문을 여는 노인들처럼, 술값 내기 화투를 치는 탕제원 노인들처럼 그렇게 분별을 잃지 않는 시를 쓰겠습니다.

부족한 저에게 격려로 이끌어 주신 문효치 선생님, 박남희 선생님께 감사 드립니다. 평생 시의 길을 함께 걸어가기로 약속했던 김희숙 시인, 권행은 시인, 따뜻하고 심성 고운 두 언니에게 고마운 마음 전합니다. 사랑하는 두 아들 은총이와 기범이에게도 기쁜 소식을! 끝으로 심사위원 선생님께 두근거리는 감사를 드립니다.

시를 가슴에 품고 꿈을 꾸는 모든 지인들과 기쁨을 함께 나누고 싶습니다.

대상에 대한 따뜻한 시선 잔잔한 감동

올해 투고된 작품은 많았으나 전체적으로 그 수준은 평이했다.

최종 심사에 오른 작품은 시 부분에서는 「대장장이 아버지」, 「피아노는 왜 뿔을 숨겼나」, 「최신 버전 백신 다운로드하기」, 「탕제원」 4편이다.

「대장장이 아버지」는 인간에 대한 따뜻한 성찰과 표현의 아름다움은 돋보였으나, 당대적 현실에 대한 인식이 부족하다는 측면이 아쉬움으로 지적되었다. 「피아노는 왜 뿔을 숨겼나」는 피아노라는 시적 대상을 통해 현대적 삶의 고단함과 삭막함에 대해 재치 있고 도전적 자세로 표현해내고 있는 점은 주목되었으나 너무 표현의 신기성에 치우친 점, 이해불가의 내용이 상당수 끼어들어 있는 점 등이 지적됐다. 「최신 버전 백신 다운로드하기」는 젊은 세대의 목소리로 당대 사회적 특성을 담아내고 있고 표현의 참신성이 돋보였으나, 시적 표현의 형식들이 역시 신기성에 머물러 감동을 주지 못했다. 이에 비해 당선작 「탕제원」은 표현의 묘미와 인간에 대한 따뜻한 관점이 주목을 끌었으며 무엇보다 대상을 참신하게 바라봄으로써 신선미와 함께 잔잔한 감동을 주고 있는 점이 점수를 받았다.

심사위원: 강은교 · 이우걸 · 김경복

유이우

1988년 송탄 출생
2015년 중앙일보 신춘문예 시 당선

yuiwoozoo@naver.com

■ 중앙일보/시
이제 집으로 돌아가야 할 때

이제 집으로 돌아가야 할 때

자유에게 자세를 가르쳐 주자

바다를 본 적이 없는데도 자유가 첨벙거린다
발라드의 속도로
가짜처럼
맑게

넘어지는 자유

바람이 자유를 밀어 내고
곧게 서려고 하지만

느낌표를 그리기 전에 느껴지는 것들과

내가 가기 전에
새가 먼저 와 주었던 일들

수많은 순간 순간

자유가 몸을 일으켜

바다 쪽으로 가 버렸다

그리고 이 모든 이야기를
저기 먼 돛단배에게 주었다

돛단배는 가로를 알고 있다는 듯이
언제나 수평선 쪽으로 더 가 버리는 것

마음과 몸이 멀어서 하늘이 높다

우기

구름이 내 위로 걸었다
나는 잠깐 멈추면 되었다

기어코 빗방울이 내 발치로 굴러 내렸다
나를 대신하여 잘했다

동그라미들은 급하게 헤매이면서 어디로든 가 버려

내리막길이 입을 크게 벌렸다
나는 대신하여 아무것도 먹지 않는다

"모두 자기 길을 걷는 것처럼"
"달리 할 말도 없는 것처럼"
어젯밤의 말들도 열심히 굴렀다

곰곰이 있으면 나는 한겨울이다 단단하다
팽팽한 숨이 내 발등에서 어쩔 줄 모르는 것을 본다

구경꾼들은 쉽게 모였다

나는 도로 입을 벌려 훌쩍 내 숨을 받아먹는다
내가 쏟아져 내리려 하는 것일까

너무 작아서 마음이 안 닦이는 손수건이다

구름은 글러브를 장착했다
나는 공을 가벼이 받지 않는다

손가락이 여럿이서 춥게
홀로 있었다

역할

구구는 구구를 꾹 누르듯 하얗다
보이지 않는데도 그렇다
이해할 수 없는 일들로 날개가 돋아나
구구를 떠나게 한다

아무도 구구를 구하지 못했다는 게 구구를 높게 만들고

구구는 구구를 그만두고 싶다

그럴 때면 저녁 놀이터
그네를 타는 곳까지 가 보기도 한다

소리도 만들지 않고
자신을 꾹 눌렀고
흰빛이 계속되는

구구는
죽는 꿈을 꾸어 본 적이 없지만
그네는
뛰어내릴 기회를 준다
악몽의 반동으로 살아간다

청춘

나무는 또
나무를 늘어트리고

잠자리의 비행 속도를 떨어트린다

구름이랑 하늘이랑 누가 더 오래 살까

오랜 습관처럼
나무를 돌아나가는

비처럼 떨어지는 순간이 있다

거리가 사각형을 나열하는 버릇 속으로

나무보다 작게
세상은 지나다니고

나무가 비키지 않으면 세상이 나무를 돌아간다

모든 나뭇가지가

유이우   115

어긋난 약속 같아서
나뭇가지가 모두
어긋나기 시작하듯이

이루지 못한 것들

오후를 타고
쿠션은 떨어져 내린다

너는 화가가 되었구나
너는 화가를 포기했구나

꿈이 널브러진 햇빛
퍼져 사라지는 빛

좋은 날들이 계속되었다
완전히 다른
좋은 날들이 계속되었다

창문

덮어 둔 책은
바람에 펄럭이는
옛 일이 되었다

이야기들은 이제 집으로 돌아가도 좋다

문고리를 툭 치는 마음으로
살짝 발을 들어

책에서 마음을 풀어 주자

옛날 기분은 옛날 기분으로

자꾸만 도착하는 택시처럼
생각과 생각으로 떠났지만

집이 없는 단어가 있어

문고리를 툭툭 치면서
어디로 가야 할지 모르는 마음이

아무 책 속으로나 들어가
그것을 산다면

맴도는 것들은 영원히
다시 맴돌고

풍경이 창문을 회복한다

가볍게 날아 보고 싶다, 마음껏 비행할 것이다

꿈꾸던 미래에 와 보니, 돌아갈 곳이 없어진 기분이다. 이상하다. 이상함 속에서 기쁘고, 기쁨 속에서 이상하다. 시간이 흐르면, 계속해서 미래가 들이닥칠 테니까. 나는 미래에서 밀려나는 동시에 자꾸만 미래로 간다. 앞으로의 날들이 벌써 그립다. 무얼 더 잊어야 하나 보다.

시는 어디로부터 올까. 내가 본 풍경들은 한 번도 내 것인 적이 없었다. 내 감정들조차 어쩌면 한 번도 내 것이었던 적이 없었던 것 같다. 그래서 나는 많은 것들을 다짜고짜 마음에 집어넣는다. 내 것이 되어 줘. 제발, 단 한 번만이라도 나만의 풍경이 되어 줘.

내가 좋아하는 노래들, 나의 새들, 나의 바람, 나의 가로등 등불과 전봇대 그리고 11시 막차들에게 이 영광을 돌린다. 그러니 제발, 단 한 번만이라도······.

나는 가볍게 날아보고 싶다. 인간이라는 신발은 날마다 무겁고 날개는 늘 구름만큼 멀다. 그럼에도 나는 내가 새라고 가끔 말하고 다니는데, 사람들은 웃는다. 웃음은 좋다. 가벼움은 늘 무거움 뒤에 오니까. 이제 나는 마음껏 비행할 것이다.

대단하다는 말이나 축하한다는 말. 그런 말들이 시간과 함께 외로워진다. 대단은 대단끼리 가서 놀고 축하는 축하끼리 가서 놀고 나만 다른 방에 남겨진 기분이다. 그러니 그 방에 남아, 나는 홀로 계속 써야지. 시를. 영원한 시를.

　나는 이제 많은 것들이 괜찮아졌다. 염려 많았던, 나를 아는 모든 사
람들에게 행운이 있기를.

상상과 풍경의 드넓은 교호 작용
거기에 가볍고 탄성 있는 언어

본심에 오른 작품 중에서 최종적으로 논의의 대상이 된 것은 신예은·김창훈·유이우 씨의 작품이었다. 「박씨 아저씨」를 비롯한 신예은 씨의 작품은 과감하고 감각적인 언어의 굴곡이 돋보였다. '방금, 의사의 손가락 타는 냄새가 뒤돌아보았다', '살해당한 애인을 위해서는 누가 더 오래 썩었는지를 놓고 미추를 따지는 전위적인 사랑을 유행시켜야 한다' 등의 구절은 마치 성대를 통하지 않고 흘러나온 발화처럼 탈지형적이고 자극적이다. 다양하고 흥미롭게 언어를 설계하는 것 못지 않게, 흥미를 조망하고 여기에서 자유로울 수 있다면 더 풍요롭고 무한한 언어의 가능성을 발견할 수 있을 것이다.

김창훈 씨의 작품들은 잘 다듬어진 묘사들로 이루어져 있다. 「중계동 104번지」에서 '도시의 살 사이를 훑고 지나가는 시간/새가 급히 방향을 바꾸는 것은/흘러내리는 육즙을 받아 내기 위해서다' 와 같은 구절에서 보이는 안정된 언어의 활강이 오랜 숙련을 짐작케 한다. 이 미적으로 정련된 세계 안에 다양한 주행과 역주행이 교차해서, 익숙한 미학 밖으로 길을 내는 좀 더 생기 있고 활성화된 통로들이 전개되었으면 하는 아쉬움이 있었다.

유이우 씨의 가벼운 행장은 처음부터 눈길을 끌었다. 수식과 수사의 그늘이 사라진 피부 언어는 단연 돋보였다. 「우기」에서의 '구름이 내 위로 걸었다/나는 잠깐 멈추면 되었다' 와 같이 서슴없는 표현들이 시를 열고 닫는다. 6편 중 「이제 집으로 돌아가야 할 때」를 당선작으로 한다. '첨벙거리'며 '넘어지는 자유'라는 것, 그것이 '몸을 일으켜/바다 쪽으로' 간다는 인식의 곡면이, 돛단배는 '언제나 수평선 쪽으로 더 가 버리는 것'이라는 시선의 평면으로 대체되어 가는 과정이 인상적이다. 상상과 풍경의 드넓은 교호 작용, 여기에 가볍고 탄성 있는 언어들이 가담하고 있다.

심사위원 김기택 · 이수명

유이우 123

정현우

1986년 평택 출생
평택고 졸업
경희대학교 국문과 졸업
경희교육대학원 국어교육 재학 중
현 KBS1 라디오 작가
라임 2집 《바람에 너를》(벅스 음반차트 1위)
2015년 조선일보 신춘문예 시 당선

cristmass@naver.com

■ 조선일보/시
면面

면面

면과 면이 뒤집어 질 때, 우리에게 보이는 면들은 적다

금 간 천장에는 면들이 쉼표로 떨어지고
세숫대야는 면을 받아 내고 위층에서 다시
아래층 사람이 면을 받아 내는 층층의 면
면을 뒤집으면 내가 네가 되고 네가 내가 되는
복도에서, 우리의 면들이 뒤집어진다

발바닥을 옮기지 않는 담쟁이들의 면.
가끔 층층마다 떨어지는
발바닥의 면들을 면하고,

임대 희망아파트 창과 창 사이에
새 한 마리가 끼어든다.
부리가 서서히 거뭇해지는 앞면,
발버둥치는 뒷면이 엉겨 붙는다
앞면과 뒷면이 없는 죽음이
가끔씩 날선 바람으로 층계를 도려 내고
접근 금지 테이프가 각질처럼 붙어 있다

얼굴과 얼굴이 마주할 때 내 면을 볼 수 없고 네 면을 볼 수 있다
반복과 소음이 삐뚤하게 담쟁이 꽃으로 피어나고 균형을 유지하는
면, 과 면이 맞닿아 있다

　어제는 누군가 엿듣고 있는 것 같다고
　사다리차가 담쟁이들을 베어 버렸다
　삐져나온 철근 줄이 담쟁이와 이어져 있고
　밤마다 우리는 벽으로 발바닥을 악착같이 붙인다
　맞닿은 곳으로 담쟁이의 발과 발
　한 면으로 모여들고 있다

대파 아파트

아파트 옥상에서 마네킹이 떨어졌다
고급 빌딩이 손목에서 무너졌고
아파트 일층, 스티로폼에서 자라던 대파들
깨진 머리통 속으로 씨앗을 심었다
마네킹에서 초록색 싹이 보이기 시작했다
아파트 현관까지 자라난 뿌리를 당기면
텅 빈 복도에서 콩벌레들이 기어 나왔다
주인들은 슬리퍼로 벌레들을 짓눌렀고
대파가 어디까지 뿌리를 뻗고 있을까
주인들이 마네킹을 수습하러 갔지만
이미 연둣빛으로 그을려진 곳
껍질 하나를 억지로 잡아당기자 부드득—
철근 부러지는 소리가 무너져 내리고
왈칵 하고 뜯어져 나간 껍질 속에서
둥근 파꽃이 총포처럼 부풀고 있었다
총알 없는 이 총포가 우리를 겨누고 있다며
주인들은 대파 꽃을 꺾어 버렸다
곧 갈색빛 껍질들이 썩어 없어지고
머리통이 떨어져 나간 몸통, 구멍구멍
마다 지독한 냄새가 났다

마네킹 같은 텅 빈 사람들의 몸 속,
대파 하나 심어도 모를 일이라고
씨앗들이 주민들의 입속에서 쏟아졌다
반상회는 방역으로 몸통이 구부러져
서로가 서로를 겨누고 있었고
사람들 발가락엔 자줏빛 왕관이 피어 올랐다

직장, 직장

*

허공에 떠 있는 것은 칫솔과 흐늘거리는 두 팔뿐
다리를 들어 올리면 중력에서 벗어나죠.
엉덩이가 둥둥 떠올라 우주가 되는 거예요
보고서 마감 후, 변기 물을 내리는 일
직장의 우주가 팽창하는 순간!

*

몸에 담아 둔 서류들을 풀어 놓는 시간
배에 힘을 쥐고, 붕— 엔진 소리를 올려요
탈출이 블랙홀 속으로 실패해도 한순간 내려가고
당신은 서서히 돌아오는 레버를 언제든지 누를 수 있죠
문득 반시계 방향으로 돌고 싶은 나는,
변비를 앓아도 좋아요.
직장에서 과열된 당신을 위해
은하수가 돌돌돌.
휭— 하고 길들이 펼쳐지기도 하고
구겨지기도 하는 길목에서
달이 피어 오르고 별빛이 서걱거리는 이 밤!
변기가 막혀도

과장의 눈치를 볼 필요 없어요.
우리는 얼마든지 앉아 있을 수 있으니까요.

두 손을 박박 비누를 문지르고 균열된 일상이
뽀드득 뽀드득 거품 하나에
빙글빙글 언제든지 하얗게 내리죠. 흩어지죠.
흘러내린 바지는 올렸나요,
수도꼭지처럼 온몸은 꽉 잠갔나요.
직장, 직장 외치면 언제든 뻥—하고 뚫리는 직장, 직장.

물 속으로 빨려가고 다시 당겨지는 부구처럼
당신은 서서히 떠오르는 태양을 언제든지
켜고, 끌 수 있어요—

물고기자리

벽에서 물고기가 한 마리씩 튀어 올라요 두 마리 세 마리 다 꺼냈을 땐 어느새 수족관에서 아가미를 헐떡이던 당신! 들썩이던 바다 물결이 뉘여지고 오래된 수평이 탁, 탁 둔탁한 칼을 내리칠 때 도미의 힘줄이 풀리고 뻐끔거리는 도미가 중얼중얼 하는 것 같았지만…… 항상 얼굴이 붉던 아버지를 종일 비늘이 벗겨지던 당신, 몇 번이고 토막을 내고 도마 위에 올려놓고, 그해 겨울, 아버지의 아랫배에 알 주머니가 생기고, 산란하는 밤이면 어머니는 고무장갑을 낀 채 파도 속으로 뛰어들어요. 물 속 똥들이 지느러미를 흔들고 잔뜩 오른 취기에 배변 주머니가 떨어지곤 하면 물고기가 방에 들어올까 방문을 잠그고 퍼지는 동공을 조이면 조여 오던 냄새들, 기어코 비집고 오는 묽은 똥냄새 빵빵하게 오른 구멍 속, 당신의 산란은 그렇게 형편없나요. 가끔은 도미들의 부레가 풍선처럼 둥둥 떠올라 펑 하고 터지는 날 지느러미에 돋은 가시들이 온 구석 찌르지 벽에 지린 어떤 무늬들이 물고기 떼 모양으로 아버지의 구멍 속으로 들어가는 오늘, 당신의 섬에는 블루문이 만삭입니다 집 밖에는 어머니, 가 덜컥 덜컥 부표 같은 달을 굴리면서 오고 있죠. 당신을 조준, 훌렁훌렁 당신이 터져 버리면, 나는 물고기의 뼈와 피를 먹고 아가미를 달고, 달콤한 나는 숨을 곳이 없다는 것을 알고 있어요. 당신을 토막, 토막 도미 대가리 처럼 쳐 내고 도미에게 입술을 맞추죠. 똥들로 쌓이고 쌓여진 섬과 천장이 조금씩 흔들리면 유영하는 나는 물고기자리.

은하 건강원

솥뚜껑 위, 뱀 대가리가 뒤집혀 있다 유리 통속 뿌리들은 누런 벽지까지 지도로 그려져 있다 건강원에서 가장 오래 되었다는 물뱀이 움직이기 시작한다 누군가 파먹은 머리 골이 구르고 초원을 쓸고 다니던 뱃거죽에서 또각또각 청색의 바람 소리, 잘려 나간 뱀의 두 팔이 은밀히 개소주를 탑승시키거나 궁지로 몰린 혓바닥으로 건강원을 찾는 몇몇 손님들, 입술이 빨갛다.

죽은 것들은 밀어 내는 습관이 있어
뱀과 별 사이를 고정할 옷핀은
어느 행성으로 떨어졌을까
누를수록 배어 나오는 슬픔을
한곳으로 모으면 서로를 민다.

노인은 무심한 듯 비행접시 안으로 뱀들을 쏟는다.
뚜껑을 완전히 닫아 버리자 잠시
요란하게 비행접시가 덜컹이다, 이내 조용하다
우주로 떠날 생각에 서서히 멈추는 혀,
뜨거웠던 별들이 바닥으로 아롱지고 있다

불끈불끈 사람들의 실핏줄이 당겨지는 아래,
둥글게 누워 있는 뱀 무리.

뱀의 눈동자가 유리알처럼 반짝인다.
꿰어 준 옷핀 하나,
뱀의 눈부처로 떨어지고 있다.

겨울 낚시

*

고놈 씨알이 장난 아니네
붕어들이 눈송이처럼 쌓이고
아버지와 밤낚시는 길었다

강의 지느러미는 차갑고, 나는 지루한 낚시를 생각한다.
거꾸로 매달린 붕어를 보는 일이거나 탁,
허공으로 올라오는 낚싯바늘에
알 수 없는 바깥을 묻거나

*

마지막까지 살아 있는 것이 귀라는데,
묻고 싶었다.
돌아오지 않는 계절 앞에서
엎드려 버린 아버지의 등허리가 들썩인다.
할아버지 얼굴에 얼굴을 문지르는 아버지,
내 얼굴을 실컷 묻고 싶었다.

*

아버지의 빈 낚싯대가 낯설다.

가슴을 한 땀, 한 땀, 꿰어 보는 것처럼
수면 위로 떠오르는 물음표,
수몰되는 사람들,
문지를수록 쪼개어지는 국화 잎들을
나는 가지런히 모아 놓았다

뻐끔, 붕어들이 울컥이는 겨울밤
아버지와 내 눈으로
고요히 강물은 차오르고
뭍으로 떠나가는 할아버지 섬으로
섬으로 아버지와 밤낚시는 길고 길었다.

가슴속 마지막 흰 눈…
한 알 한 알 잊지 않고 꼭 먹겠습니다

폭풍우가 치는 밤이었다. 아버지가 죽을지도 모른다고 했다. 나는 작은 새처럼 웅크려 울었다. 마지막까지 살아 있는 것이 귀라는데, 묻고 싶었다. 할아버지를 껴안고 들썩이는 아버지 등에 내 얼굴을 실컷 묻고 싶었다. 이제야 두개의 자물쇠가 조금씩 열린다.

먼저 심사위원님들 감사합니다. 가능성을 열어 주신 박주택 선생님이 영광 올립니다. 격려해 주신 이성천, 안영훈, 이문재, 김종회, 고인환 경희대 교수님들 고맙습니다. 항상 용기 주신 노은희 작가님, 아들 세건, 많은 영감 주셨던 전기철 선생님 사랑합니다. 임경섭, 정은기 선배님, 민지, 문예창작단 감사합니다. 보랏빛 나무 빵수 누나 유학 멋지게 마치길. 그린마인드 요리, 맑은 민혜, 소영. 광렬, 호열 삼촌 경주 갈게요. 이병철, 서윤후, 김산, 정형목 시인 건필하시길. 벗 준기, 진걸, 만능 기혁, 세무사 기문, 학수, 성준, 대진. 대학원 동기들 지만, 동우, 보람, 명지 임용되길. 멘토 경석, 순자, 광배, 첫 제자 연주 행복하길. 나의 우상 혜경 누나, 캐나다는 행복한가요. 줄리아 로버츠 혜은 누나, 나의 고등시절 이점덕 선생님, 강대훈, 김영선 그리고 전희강, 박성연 선생님 감사합니다. 하늘색꿈 지윤 누나. 가족 같던 김보민 아나운서님. 저의 인생의 스승이자 피터팬 KBS 박천기 PD님, 조력자 김홍연 작가님. 많은 귀감을 주셨던 방귀희 선생님 함께 하고 싶어요. 미군으로 복무중인 누이, 오랫동안 투병해 온 아버지, 그리고 당신.

방 한 칸에서 살았던 여섯 살, 방 하나만 더 있었으면 좋겠다는 당신을 따라 분리 수거함을 뒤지곤 했습니다. 옷들이며 신발이며 저에겐 보물이었고 날개였습니다. 그날을 기억하시나요. 저를 등에 업고 밤 따러 갔던 날. 누이가 벌집을 밟았고, 총알처럼 밀려오는 벌떼들. 그 많은 벌들을 맨손으로 떼어 내고 풍선처럼 부어오른 당신의 손이 생각납니다. 그때 당신이 아니었으면 누이와 제가 이 자리에 서 있었을까요. 알고 있나요. 할머니의 입술에 당신 입술을 맞추던 날, 할머니가 소복이 눈으로 쌓이던 날, 가슴 속 가장 큰 방 속에서 당신과 있었다는 것을. 이 마음을 어떻게 표현해야 할까요. 당신의 따스한 방이 되고 싶어요. 남부럽지 않은 지금도, 분리 수거함을 그냥 지나치지 않는, 나의 은인. 정삼선. 아직 자라지 않은 제 지느러미가 따뜻한 오늘입니다.

시를 놓지 않던 십 년의 겨울, 언제인가 봄이 찾아 올 거라 생각했습니다. 제 가슴 속 마지막 흰 눈이 날립니다. 한 알 한 알 잊지 않고 꼭꼭 먹겠습니다. 살아가겠습니다.

우리 시대 삶의 다양한 '면'을 성찰

본심에 오른 응모작 가운데 집중적으로 논의된 작품은 「면面」(정현우), 「우산 없는 혁명」(고원효), 「야간 개장 동물원」(박민서) 세 편이었다.

「야간 개장 동물원」은 지상의 거울로서 밤하늘의 별자리를 헤아리는 상상력의 역동성을 보여 주었다. 낮에는 잠을 자다가 밤에만 나타나는 천상의 동물들을 통해 야성을 상실한 채 일상에 매몰돼 살아가는 현대인의 처지를 반어적으로 노래한 이 작품은 단아한 이미지의 직조가 인상적이었다.

「우산 없는 혁명」은 제목이 암시하는 대로 올해 외신면을 달군 홍콩의 우산 혁명을 소재로 하고 있다. 쉽고 친근한 어조로 쓰였음에도 이런 유의 시가 빠져들기 쉬운 상투성에서 벗어나 있었고 우리 현실을 반성적으로 돌아보게 만드는 재기와 사유의 깊이를 엿볼 수 있었다.

「면」은 평면 측면 얼굴 경계선 바닥 방향성 등 다양한 의미를 함축하고 있는 면이란 단어를 활용하여 우리 시대 삶의 다양한 '면'을 성찰한 작품이다. 인간이든 건물이든 세상 모든 것은 결국 면들의 만남과 어긋남에 의해 이루어지며 그로부터 갖가지 문제가 발생한다고 이 작품은 들려주고 있다. 이 시에 담긴 지혜는 통속적 잠언을 훌쩍 뛰어넘은 것으로서 오래 되새길 만한 가치를 가지고 있다고 여겨졌다. 우열을 가리기 힘든 세 작품을 앞에 놓고 장시간 고민과 토론을 거듭하다 선자들은 「면」을 당선작으로 뽑는 데 합의했다. 다른 두 응모자의 경우 여타의 투고작들이 충분한 믿음을 주지 못한 반면 정현우의 작품은 모두 고른 수준과 밀도를 보여 주고 있었기 때문이다. 이 밖에 본심에서 논의된 응모자로는 「바람의 혈관」의 김민구, 「자백」의 김창훈 등이 있다. 당선자에게 축하를 보내며, 다른 응모자들에게도 건필을 기원한다.

심사위원: 정호승 · 남진우

조창규

1980년 전남 여수 출생
경희대학교 국어국문학과 졸업
작사, 작곡가 활동 중
2015년 동아일보 신춘문예 시 당선

joco13@naver.com

■ 동아일보/시
쌈

쌈

나는 쌈을 즐깁니다
재료에 대한 나만의 식견도 있죠
동굴 속의 어둠은 눅눅한 김 같아서 등불에 살짝 구울 수 있습니다
그런데, 낱장으로 싸먹는 것들은 싱겁죠
강된장, 과카몰리* 등 다양한 〈쌈장 개발의 기원〉

봄철, 입맛이 풀릴 때
나는 구멍이 송송, 뚫린 배춧잎을 새로운 쌈장에 찍어 먹습니다
달콤한 진딧물 감로를 섞어 만든 장
어떤 배설물은 때로 훌륭한 식재료가 되죠

두꺼운 것들은 싸먹기 곤란합니다
스치면 베이는 얇은 종잇장에도 누명과 모함은 숨겨 있죠
적에게 붙잡히면 품속의 기밀을 구겨 한입에 삼켜요
무덤까지 싸들고 가는 비밀도 있습니다

어둠의 봉지에 싸인 이 밤
구멍 난 방충망은 경계가 소홀합니다
누군가 달의 뒷장에 몰래 싸 놓은 알들
나는 긴 혀로 나방을 돌돌 말아먹는 두꺼비를 증인으로 세웁니다

사각사각, 저 달을 갉아먹는 애벌레들

수줍은 달을 보쌈해 간 개기월식
삼킬 수 없는 과욕은 역류되기도 하죠
보름달을 훔쳤다는 나의 누명이 시간의 부분식으로 벗겨지고 있
습니다

* 아보카도를 으깬 것에 양파, 토마토, 고추 등을 섞어 만든 멕시코 식 쌈장

불안한 상속

초승달은 지구의 공전이 깎아 놓은 손톱

할아버지는 매해 굴 속에서 자식들을 낳았다
그의 핏줄을 따라 가계의 불행은 대물림되었다
갑상선암이나 탈모 같은 불안한 의혹들이
쑥쑥, 나의 안쪽에서 자란다

볼록한 허물은 누군가 잠시 머물다 간 집
나는 긴 장화 속에 새알을 숨기고 입구를 나뭇가지로 덮어 놓는다
알 속에 구겨진 부리는 바깥을 여는 열쇠
아비의 출신은 자식에겐 신분증이었다

지구에도 이상한 상속이 있다
붉은 사막에 내리는 하얀 폭설
대代가 끊기지 않는 지진, 전쟁
떠도는 계절의 종자들은 어느 기후의 혈통을 잇고 있다

아프리카의 겨울이 추울까, 시베리아의 여름이 더울까
나는 지구의 공전 방향과 반대로 도는 사람
죽은 할아버지는 내게 땅꾼인 아버지를 물려주었다

부어오른 목에서 부화한 새의 울음
1월에 낙엽이 지는 적도의 나무들
깨진 유리창을 X자 청테이프가 붙들고 있는데,

알 껍질만 버려져 있는 불안한 그늘
삐—익, 나는 손가락 휘파람으로 하늘을 날아다니는 뱀들을 불러
모은다

명점命點

야근하고 집으로 가는 길
1호선 병점행을 명점행으로 읽었다
라식수술한 두 눈에 밤이 번진다
출입문에 등을 기댄 채 명점에 대해 생각한다
사람의 목숨이 점으로 이루어져 있다면
수많은 점들이 이어진 선으로 우리는 살아왔을 것이다
때론 직선으로, 누구는 알 수 없는 운명 탓에 선이 끊어졌겠지만
내 등에 박힌 일곱 개의 점은 어머니의 눈물점을 알고 있다
어머니는 씨받이였다
조씨 집안의 단명했던 이복형들을 내 등에 박아 놓았다
형들의 짧은 명줄이라도 이어 주면 애가 오래 살지 않을까
어머니는 가끔 내 등의 점을 세보곤 했다
노선도의 역은 점으로 이어져
지금 수원을 거쳐 세류를 지나간다
전철은 역과 역을 이으며 종점을 향해 달린다
낭창낭창 버들가지 허리를 가진 어머니의 종점은 나였다
나를 아들이라고 부를 수 없었던 어머니
평생 작은어머니로 나를 속이며 살았다
남은 목숨마저 내게 주고 종점에서 내릴 때까지
한 번도 아들인 적 없던 나는 어머니에겐 유일한 피붙이였다

병점이 가까워 올수록 빈 자리가 늘어간다
나는 어머니를 지나쳐 많은 역을 건너왔다
하나, 둘 내 수명의 남은 역을 세며
노선을 따라가는 명점들은
내 등의 일곱 개 간이역에서 잠시 정차 중이다

푸른 달

새들이 공중의 묏자리를 살핀다
주검을 몸에 실은 새들은 죽은 자를 먼 하늘에 묻는다

사다리를 타고 하늘로 오르는 그녀
새의 사전에 하늘을 걷는 자의 신발은 구름이라고 적혀 있다
허공의 왼쪽으로 신발의 그림자가 지면
몇 겹의 정적이 조장터를 감싼다

부리에 찢긴 뼛가루가 잿빛으로 부서지는 밤
업業을 마친 걸음에 전생의 뒤가 묻어 있다 토번족 여인의
흑발 같은 어둠이 자전의 방향을 따라가고,

오래된 천장 벽화에 푸른 달이 찍힌다

적도를 넘어온 바람이 마니차를 돌리고 피 묻은 야크의 울음이
서역으로 흘러간다

이생의 배경 밖에 서 있는 그녀, 영혼의 신발을 고른다

천국의 사자使者들이 마흔의 봄을 공중에 묻을 때 비로소

하늘은 묘비가 없는 신발장, 지난한 족적이
고스란히 따라왔다

절반의 순례를 마치고 내세의 동쪽을 향해 걸어간 그녀
잠든 육신마저 썩지 않는 이곳에서
제사란 죽은 자를 기억하는 것이 아니라 죽은 자를 잊는 것이므로
그녀의 유언은 계속 부패될 것이다

불난 엉덩이에 댓글 달기

마취에서 깨니
어찌나 항문에 열불 나든지
뒤로 호박씨 깐 거유?
아님 뭐 찢어지게 가난혀서?
사실 치질 수술하러 갔다우
울다가 웃다 생긴 털두 깎구
아프고 쪽팔려서 증말
불닭찜 먹구 피똥 싼 후로
올해 화재경보된 대참사유
학문을 힘쓰고, 넓히고, 닦자
소화불량에 치질 걸린
공부하기 싫은 항문!
다행히 수술이 잘 됐다 하니
앞으로 매운 학문을 먹지 말아야겠수

문병 온 이웃들

곰탕재료 푸우   앗싸, 원빠
수박씨발아   그래서 나보고 어쩌라고
닭큐멘터리   닭쳐! 밥 먹고 있는데 드럽게

둥근해가 떡썹니다   엉덩이에 소화기 뿌려여
변비대학 항문외과   다음엔 꼭 우리 병원으로 오슈
안졸리나 졸려   아녀, 휘발유 부어야 되여

로그인한 사람에게만 글쓰기를 허용하고 있습니다 로그인 해주세요

스팸 여자

소변을 보는데,
우리 커플만의 닭살벨소리
허겁지겁 휴대폰을 꺼내다
그만 풍덩, 변기에 빠뜨렸네
머릿속이 새하얘지는 게,
변기에 렌즈 떨어뜨린 후 첨이네
화들짝, 지퍼를 올리고 애인을 빼냈네
와인 한 잔 못 사 줬는데
오줌물 먹여 미안,
추락하는 것은 날개가 없어?
그동안 화끈하게 다 벗은
스팸 여자, 이제 볼 수 없겠지
애인 몰래 저장한 누드 사진들과 이별을 준비하며
지린내 나는 당신을 휴지로 닦네
통화권 이탈한 그대
전원을 다시 켜도, 먹통이네
아, 씨발

가난한 꿈으로 사치스러웠던 날들…
시詩를 만나 따뜻했다

나는 타인의 재능에 절망한 적 있다. 비교와 차이는 열등감을 낳기 쉬워서 자신을 돌아보기보다는 무고한 남을 원망하거나 시기하기 쉽다. 어쩌면 나는 남보다 내 자신을 더 미워할까 봐 두려웠는지 모른다.

10년 동안 나는 내 삶의 혁명을 꿈꿔 왔다. 그러나 삶을 견디는 것은 힘들었고, 세상은 쉽게 변하지 않았다. 내게 재능은 물론 운도 따르지 않는 것 같았다. 이런 실패한 혁명가에게 시詩가 찾아왔다. 한 발짝만 뒤로 물러나면 벼랑인 것을……. 당선을 기대 안 했다고 쓴다면 내 양심을 속이는 것.

가난한 꿈으로 사치스러웠던 날들. 좌절로 괴로웠을 때, 아직도 내가 살아 있다고 느낀 순간은 당신을 만날 때였다. 여느 날과 똑같은 오늘, 온몸으로 맞는 눈이 참 따뜻하다.

저마다의 간절함이 모두 이루어지기를……. 그래도 내 인생이 무모한 반란으로 끝나지 않아 다행이다.

종교와 예술 사이에서 갈등한 저를 잡아 준 하나님께 감사드립니다. 아버지, 어머니 감사합니다. 박주택 선생님, 이원 선생님, 마경덕 선생님의 가르침으로 시인이 되었습니다.

선규, 현준, 효주, 동기, 소중한 친구들…… 시인이 되는 걸 꼭 보고 싶다고 한 창호 형, 암이 빨리 낫기를 기도할게요.

멀리 떠나온 경희문예창작단에도 좋은 소식이 되기를…….

황현산 선생님, 김혜순 선생님께도 깊은 감사를 드리며, 끝으로 하늘에 계신 친어머니와도 이 기쁨을 함께 하고 싶습니다.

자연의 변화와 삼투…파노라마처럼 전개…
시인의 탐구 돋보여

　본심의 심사 대상이 된 작품들을 읽으면서, 이 시들을 쓸 때 이 응모자들은 자신의 내부로부터 어떤 간절한 욕구가 있었는가, 아니면 어떤 경로로 시를 쓰는 과정에 입문하게 되어 습관처럼 시를 쓰고 있었던 것은 아닌가 질문해 보고 싶었다. 그만큼 장식과 조립에 치중한 시가 많았으며 재주나 재치에 기댄 시가 많았다. 응모작 전체가 고른 수준을 갖춘 예도 드물었다. 김태형의 「수상한 식인」 외 3편은 일종의 은유 놀이로서 '노르웨이' 라는 거처를 시에 등장시켜 자유자재로 그 거처의 경계를 입술이나 국경으로 늘려 잡으며 유희하고 있었다. 우리는 가끔 우리의 집을 은유해서 '노르웨이' 같은 이름으로 비유해 불러야만 할 것 같지 않은가. 시가 재미있는 지점들을 품고 있었지만 함께 응모된 「그렇습니까 기린입니다」 같은 시들에는 이 시를 쓴 시인의 역량을 의심케 만드는 거친 일면이 있었다. 김상도의 「졸립다가 마른」 외 4편은 거미줄에 걸린 줄도 모르는 곤충처럼, 우리의 일요일 같은 휴식이나 평화, 그 뒤에 도사린 위태로움을 슬며시 혹은 경쾌하게 던지는 솜씨가 좋았다. 그런 상황을 '졸립다가 마르는' 같은 형용 어귀로 눙쳐 버리는 것도 재미있었다. 하지만 이 경우에도 뒤에 붙은 4편의 언어 실험적인 시들이나 나열, 조립의 시들이 이 시의 감동을 반감시켰다.

　「쌈」 외 4편은 '쌈'을 '동굴 속의 어둠', '스치면 베이는 얇은 종잇장', '어둠의 봉지에 싸인 이 밤', '구멍난 방충망', '달의 뒷장', '긴 혀', '보쌈'으로 비유하고, 이 비유에 어울리는 쌈장을 '달콤한 진딧물 감로를 섞어 만든 장'으로 만들고 난 다음 이 모든 사물과 자연 현상을 흡입하는 나를 내세워 자연의 아름다운 변화와 삼투, 세월과 일식을 파노라마처럼 전개하고 있었다. 유쾌한 유머가 있고, 축소와 확장이 화자의 입을 통해 전개되는 재미가 있었다. 그렇지만 시 속의 '나'는 쌈을 멋지게 비유해 낼 수 있지만, 과연 이러한 '쌈'의 현상들이 시적 화자의 감각들을 통과했다고 볼 수 있겠는가 하는 질문을 던지고 싶었다. 그럼에도 응모작들이 각각 다른 경향성을 보이기는 하지만 5편 모두가 그 나름의 탐구가 있는 점을 높이 사서 '쌈'을 당선작으로 선하는 데 합의했다.

심사위원: 황현산 · 김혜순

최영랑

1958년 전북 정읍 출생
중앙대학교 예술대학원 문예창작 전문과과정 수료
2015년 문화일보 신춘문예 시 당선

cyr1357@hanmail.net

■ 문화일보/시
어머니의 계절

어머니의 계절

빈집엔 봄이 오지 않고 여름도 오지 않고 빈집의 계절만이 서성거린다

빈집은 쉽게 들어 갈 수 없고 대문 안에 들어서도 속이 잘 보이지 않는다 그곳은 시끄럽고 어스름한 저녁 누구라도 거부하는 빈집만의 습관이 있다

그림자 없는 대문에서 빈집의 툇마루를 바라보면 그곳은 포근했던 무릎, 포근한 미소가 떠올라 헐렁한 하루가 부풀었다 사라진다 눈을 감고 나는 경직된 다리를 뻗는다

가끔 무릎을 내어 주는 거기, 정류장처럼 너그럽다 잡초들이 슬그머니 들어와 영역 다툼에 휘말려도 장독대의 도깨비풀이 항아리 속을 욕심내어도 그냥 말줄임표만 사용할 뿐이다

빈집은 기다린다 밤나무가 뒷마당에 밤톨을 툭 툭 던지고 바람이 기왓장을 와장창 깨뜨릴 때도 빈집은 그냥 "좋은 날이야"라고 말한다 빈집은 어느 때보다 여유로워 멀리 떨어져 있어도 욕심을 부리지 않는다

내가 바라보는 집이 자꾸만 멀어져 간다 그 집에 가까이 가야 한
다 들어가 마당을 지나 툇마루에 가서 닳은 무릎을 위로해 주어야
한다 어머니의 계절

내접內接기어

　이탈이 허용되지 않는 우리의 일상은 언제나 파장의 중심에 있다 우리가 파장 밖의 세상을 꿈꾸지 않는 것은 당신과의 약속 때문, 우리의 계산법이 정확하게 맞물려 돌아갈 때에야 세상은 평안하다 손목시계의 정확함으로 나의 하루가 평안하고 자동차는 도로를 이탈하지 않고 질주 할 수 있다 그러나 우리는 결코 세상 밖으로 얼굴을 내밀진 않는다 내밀한 곳에서 응원하는 일 또한 우리의 삶의 방식이기 때문이다 때론 비좁고 답답한 이곳을 탈출하고 싶은 유혹을 느낄 때도 있지만 그럴 때마다 어떤 정교한 손길이 우리의 사상을 새롭게 빛나게 한다 우린 이곳에서 더욱 가까이 서로를 포용한다 우리들의 호흡과 호흡이 어긋나지 않을 때 세상은 다시 분주해진다

물고기 빨래판

스스로를 규정할 수 없는 나는
그녀의 기분에 따라 음률이 구성된다
경쾌한 음으로 때론 무채색 음으로
나는 무능하지 않다 다만, 긍정적으로 반응할 뿐
구릉과 구릉 사이 많은 골짜기들
그 기울어진 곳으로 바람이 잦아든다
그건 탄성 좋은 트램펄린
언제라도 튕겨 오를 것만 같은 용수철이 나를 긴장하게 한다
나는 그녀의 손길을 기다린다
골짜기를 지나온 손길에서 생겨나는
탱글탱글한 화음이 흐트러진 감정을 일으켜 세운다
그녀의 감정과 손놀림은 비례한다
얼굴에 나타난 표정이 음과 음 사이에 깔린다
파찰음이 강할수록 구름은 머무는 시간이 짧지만
그런 그녀의 손길에 나는 나를 반영한다
직선으로만 내달리는 본능을 접고
각각의 변명을 털어 내는 우리는, 늘
각인되지 않은 방식으로 서로를 조율하지만
마무리는 물의 화음
아이들이 첨벙거리는 개울물 소리 같은,

떨어지는 폭포 소리 같은,
그런 소리들에 어우러져
나의 바다는 완성된다
그녀의 손길에서 나는 규정된다

봄, 지평선 그 위의 애벌레

정오의 햇살이 경운기를 재촉한다. 대문 밖은 아직 나른하고 담장 위 목련의 졸음이 뭉클 만져진다. 소란한 경운기 소리에 골목이 일어선다. 나른함 깨어지고 골목이 술렁거리면 들판을 향하는 길도 부산해진다

모퉁이의 살구꽃, 내게 한 마디 툭! 말을 건네 온다. 대꾸할 겨를도 주지 않고 다시 툭 툭 날리는 말들, 그 말들이 모퉁이에 하얗게 쌓인다. 나는 그 두서없는 말들을 정리하려 잠시 쪼그려 앉으려는데, 바람이 그 말들을 공중에 펼쳐 보인다. 허공이 그 말들로 환하다. 아니 버린 말들로 인해 살구나무 가지가 무거워진다

스멀거리는 이 느낌은 조금 전까지 보일 듯 말 듯 허공을 붙잡고 있던 애벌레가 내 어깨에 정확하게 착지한 것, 내 호들갑은 아랑곳하지 않고 유유자적하게 봄날을 한 뼘씩 재고 있는 꼼꼼함, 곧 날개를 달아 줄 테니 잠깐만 참아 달라는 얼굴, 참 당돌한 순간이다

나는 툇마루에 누워 적막을 다시 끌어 온다. 적막은 안으로 삭혀내는 시간이리라. 실한 열매를 내어 놓을 때까지 살구나무는 말문을 닫고, 애벌레는 묵언수행이 끝날 때쯤 날개를 달 것이다. 나는 적막 안에서 무엇을 삭혀 내어 놓아야 하나, 봄날의 지평선이 하얗다. 들판에서는 경운기 소리 소란스럽고

엉겅퀴꽃

엉겅퀴는 그의 집중력 같은 형상
이 세상 집중력은 엉겅퀴꽃으로부터 비롯된다고 하겠고
거기에는 가늘고 긴 세상의 붉은 화살을 받아 내고 있다

점점 가벼워지면 민들레 꽃구름처럼 되겠지만
넓어질 땐 우리의 영토까지 침범하리라
엉겅퀴꽃 위로 어둠의 세력이 확장되면 사람들은
그 영역을 우범지대라 말한다

만개한 엉겅퀴꽃, 그것은
활시위를 당겨 놓기 직전의 화살
그는 그런 화살의 중심을 해체한 적 없지만
화살에 찔린 바람은 붉은 피를 흘리며 그것을 해체한 적 있다
중심에 빠진 꿀벌도 꽃상여에 실려 나갔다
그의 한 시절도 따지고 보면
엉겅퀴 꽃대 같은 형상

들판이 엉겅퀴꽃을 빚어 더 붉어지고 있다
붉어질수록 하늘의 절정이 아찔하기만 하다
그러나 내면을 잠식하는 그의 형상으로 하여

석양은 내일을 향해 떨어지고
나는 엉겅퀴꽃의 깊어진 검은 씨앗을 본다

회오리바람

 공중에서의 중심은 공중이죠 물레의 리듬까지 기억하면서 참 능숙한 솜씨로 돌리고 있군요

 언젠가 나팔꽃이 한데 어우러진 문양을 만든 적 있는데요 색감을 살린 꽃모양을 만드는 일은 난이도 높은 작업이었죠 아기 볼 간질이듯 세심하고 부드러운 손길이어야 했으니까요 축구공과 개구쟁이 신발을 기와지붕 넝쿨 위로 올리는 건 심호흡 후 순간의 힘이 필요했구요

 아, 그것 말인가요? 하늘카페란 간판을 슬쩍해 올 적에 의견이 분분했던 것, 몰려온 새들이 웅성거려 작업이 지연되고, 공사장 판넬을, 전봇대의 구인 광고를, 대머리 아저씨 모자를 순식간에 구해 왔지만 자리 옮겨 앉는 바람에 고물 수집상이 되어 버린 것 말이죠

 오늘은 호리병처럼 목이 가늘고 긴 도자기를 빚는다나요 사과꽃에 맺힌 이슬도 담아왔네요 순간의 센스와 부드러운 감각으로 가다듬어야 하겠죠 힘을 너무 실어 돌리면 검은 구름이 피어 올라 물거품 되기 때문이죠 질감이 너무 단조롭게 느껴진다구요 푸른 잎 몇 개 따다 붙여야겠군요

어머, 벌써 완성됐나요? 햇살 좋은 창가에 세워 두고 싶어지는데요 사과꽃 향기에 혹시 벌들이 날아올지도 모르잖아요 바람이 제 몸 식혀 갈 즈음, 청량한 새소리가 들려올 것 같은 당신의 항아리는 지금 어디에서 누가 빚고 있을까요?

빈집이 되어 버린 어머니…
그대로 사랑합니다

폭풍으로 집이 무너지는 꿈을 꾸었습니다. 그 여진이 가시질 않아 따끈한 차 한 잔을 들고 출렁이는 생각들을 눈발에 하나 둘 날려 보내고 있었습니다. 평온해지려는 시간 속으로 전화 벨이 울렸습니다. 당선 소식이었습니다. 예지몽이었나! 무너짐이 새로운 시작이라니…….

낙숫물을 즐겨 바라보곤 했었습니다. 시간이 지나면서 단단했던 댓돌에 둥근 홈이 생겨나고 그곳에 빗물이 고이기 시작하는 것을 보았습니다.

언제부턴가 현실과 꿈속을 넘나드시는 어머니, "좋은 날이야"라고 하시면서 활짝 웃을 때마다, 가슴에 찬바람 부는 빈집으로 웅크리고 계셨음을 알기나 하시려나. 아무리 덮어도 빈집이 되어 버린 어머니, 지금 그대로의 당신을 사랑합니다.

돌이켜보니 고마운 분들…….새로운 상상력을 분출하게 해주신 김영남 선생님, 늘 따뜻한 벗이 되어준 정동진 카페 식구들, 누구보다 기뻐하실 부모님과 묵묵히 응원해 주던 남편 그리고 경표, 경훈, 친구들, 일일이 마음 전하지 않아도 소식 듣고 기뻐해 주실 저를 아는
분들과 기쁨 나누고 싶습니다.
언어들을 문장에 가둬 놓고 못내 미안한 마음이 들 때쯤, 동토의 땅을 새롭게 일굴 수 있도록 해주신 황동규, 정호승 선생님 감사드립니다. 선생님들 이름에 허물이 되지 않도록 좋은 작품으로 보답하겠습니

다, 길을 내어 주신 문화일보에게도 감사드립니다. 개성적인 시인으로
거듭 태어날 것을 약속합니다.

 눈이 내립니다. 빈집에 가 봐야겠습니다.
 툇마루에 가서 다리 한 번 쭉 뻗어 봐야겠습니다.

모성 통해 사랑과 고통의 본질 깨달아

신춘문예는 한국 문학의 축제다. 새로운 시인이 탄생하는 축제의 한마당이다. 이 축제에 참여한 이는 맛있는 음식도 나누어 먹고 오랜만에 배도 좀 불러야 한다. 그러나 이번 축제의 상에 놓인 음식들은 숙성과 발효가 되지 않은 겉절이들이 유난히 많았다. 시는 겉절이보다 오래 숙성되고 발효된 맛의 깊이를 요구한다. 그릇에 담긴 음식이 제대로 된 음식이 아니라면 그릇 또한 무슨 가치가 있겠는가. 모순과 부조리를 이야기하는 시라 하더라도 부조리하다는 메시지밖에 없다면 그 또한 시로서 무슨 의미가 있겠는가.

최종심까지 올라온 작품은 박현영의 「유형에 대한 탐구」, 박민서의 「실록」, 김재인의 「오늘의 만남」, 최영은의 「어머니의 계절」 등 4편이었다. 「유형에 대한 탐구」는 유형에 대한 구체성이 모호했다. 제목이라는 그릇만 크고 그릇에 담긴 내용은 "유형에 대해 날마다 간구했지만/ 질문은 의문으로 남아/ 이곳을 비추는 하나의 불빛이 된다"처럼 모호했다. 「실록」 또한 "무화과 묘목을 심으려고 판/ 마당 한 귀퉁이에서 녹슨 자물통이 나왔다"고 했으나, '녹슨 자물통'이 시의 내용물로 제시만 되고 그 의미에 대한 추구가 결여되었다. 「오늘의 만남」 또한 수사는 화려하나 '만남'의 내용이 빈약하다는 점에서 신뢰하기 어려웠다. 다행히 모성을 '빈집'에 비유한 「어머니의 계절」은 비교적 완성도가 높았다. 모성을 통해 사랑과 고통의 본질을 깨닫고 있다는 점 또한 돋보여 당선작으로 결정할 수 있었다.

시를 쓰는 일도 노력하는 일이다. 당선자는 더욱 노력함으로써 한국
시단의 밑거름이 되는 시인으로 성장해 주길 바란다.

심사위원: 황동규 · 정호승

최은묵

1967년 대전 출생
충남대학교 기계설계공학과 졸업
소속 M2-9
2015년 서울신문 신춘문예 시 당선

ing2879@naver.com

■ 서울신문/시
키워드

키워드

죽은 우물을 건져 냈다

우물을 뒤집어 살을 바르는 동안 부식되지 않은 갈까마귀 떼가 땅으로 내려왔다

두레박으로 소문을 나눠 마신 자들이 전염병에 걸린
거목의 마을

레드우드 꼭대기로 안개가 핀다, 안개는 흰개미가 밤새 그린 지하의 지도

아이를 안은 채 굳은 여자의 왼발이 길의 끝이었다

끊긴 길마다 우물이 피어났다, 여자의 눈물을 성수라 믿는 사람들이 물통을 든 채 말라 가고 있었다

잎 떨어진 계절마다 배설을 끝낸 평면들이 지하를 채워 나갔다

부풀지 못한 뼈들을 눕혀 물길을 만들면 사람들의 발목에도 실뿌리가 자랄까

안개가 사라진다 흰개미가 우물 입구를 닫을 시간이다

우물은 떠나지 못한 자의 피부다

새치기의 달인

누나가 나를 밀치고 먼저 나간 게 왠지 억울했다

육층이 이층보다 먼저 만들어진 아파트로 이사를 갔다

꿀벌이 날아오기 전에 봄꽃 향기를 담아 왔다

밤에 배가 고파 내일로 가서 아침밥을 먹고 왔다

손 동작으로 문을 열고 눈동자로 틈을 만드는 방법을 궁리하다
그림자를 먼저 끼워 넣는 묘책을 발견했다

당연한 표정은 뻔뻔한 것보다 등급이 높아 줄 선 사람들의 경계
는 위협적이지 못했다

꼬리를 자르고 도망친 적도 있었지만

비법이 유출되는 걸 막기 위해 얼굴을 바꾸거나 며칠쯤 서둘러
늙기도 했다

늙어도 늙어도 누나를 따라잡을 수는 없었다

끼어들 수 없는 줄에서 포성이 멈추지 않았다

진통제

어릴 적 유일한 도둑질은 햇볕을 오리는 일이었다.
남쪽에서 질 좋은 햇볕을 오려와 연탄 갈듯 뒷방을 데웠다

나는 나를 훔쳐 어른이 되었고, 사람들은 겨울에 도난당한 나를
찾지 못했다

도둑질을 끊기 위해 겨울 장마 때 얼어 죽어도 좋겠다고 생각했다

완행열차처럼 편두통은 더디 갔다

2월의 오후를 뜨거운 물에 녹여 마셨다 통증을 잊을 때까지 개미
굴 같은 뒷방에 엎드려 훔친 햇볕을 날짜별로 외우거나 유리창에 당
신의 이름을 반복해서 적었다

과거의 나를 나로부터 분리하는 일은 공소시효가 없어
아직 알리바이를 만들지 못한 나는 봇짐 없이 떠난 석양을 부러워
했다.
증거를 없애기 위해 기한 지난 햇볕을 뚝뚝 부러뜨려 먹었다

북창은 일 년 내내 무엇도 다녀가지 않았고
약국은 남쪽에 있어 가지 못했다

이 시는 거꾸로 읽어야 한다

종이를 접어 애인을 만들었다

오후 한시의 태양을 따라 자국이 생기고, 이것은 복원이다

종이는 약도가 되지 못한 좌표였거나 너무 늦게 만난 오른손일지
도 모른다

손가락으로 눌러 접은 선을 따라 무엇을 쓰든 줄거리가 될 것이다

인장을 찍듯 손바닥을 허공에 대고 누른 곳에 애인을 누인다

구두가 필요해 종이로 만든 새를 읽지 않은 책으로 들여보냈다

그림자를 얻으려면 숨 쉬는 법을 먼저 익혀야 한다

새벽을 즐겁게 먹기 위해선 많은 연습이 필요하겠지만

나는 종이의 가능성을 믿는다

가루로 산다는 건

흙은 함부로 서지 않지

가다, 가다, 모난 입술은 탱자나무 울타리에 걸어 두고, 발바닥은
지방 석간신문처럼 뻔한 디딤이어도

밤샌 고래의 하품처럼 나를 떼어 낸 나는
부품이 모자란 몸으로 물 위에 떠 썰물을 기다리는 낡은 소식이어
도 좋지

발바닥에 박힌 압정이 살이 될 때까지 며칠을 또 기다릴까
세상의 모든 유언은 녹슨 철 대문에서 떨어진 칠처럼 푸석하네 구
르지 못할 만큼 쪼개진 심장에도 수혈할 수 있을까

화선지에서 더디게 아무는 먹물을 덮고 검게 눕는 일이 익숙해

당신의 목소리를 훔쳐간 새를 용서하는 밤

물관을 타고 내려온 발자국은 바닥 얇게 퍼진 가루의 몫으로 두자
숱한 날 먼지가 되려 했던 내가
섬에 두고 온 뒷목 비늘을 유산으로 남기지 않은 까닭이 궁금하다면

흩어진 눈동자를 끼워 읽어야 하지, 그땐 함부로 무너지지 않기로
하자

미란다 원칙

손님으로 이곳에 온 나는 한 잔의 웃음을 마신 죄로 체포당했다

나는 묵비권을 행사할 수 있으며 웃음을 반납할 용의는 없다

이로써 내 몸에 한 잔의 따뜻함을 이식했으니 이곳에서의 생존은
연장되었다

햇살을 기껏 구름 몇 장으로 강제하려던 자들의 염력은 저렴했다

관제탑은 정직한 정보만 제공해야 한다 더블콜은 제곱의 효과가
있다

내가 오기 전의 이곳은 존중의 대상이다

티라노사우루스가 멸망한 건 눈동자의 점이 커졌기 때문이다

열권을 휘감은 오로라나 중간권에서 사라진 유성은 증거가 되지
못한다

최은묵   181

당신은 미란다 원칙을 고지했으므로 잘못이 없다

증거를 찾지 못한 배심원은 무죄를 선고할 것이고

손님으로 이곳에 온 나는 새로운 신분증을 얻게 될 것이다

내 소속은 M2-9다

누군가에겐 위로가 되는 떳떳한 시를 쓰다

창고에 수북한 원고들, 창고 벽마다 겨울이 두텁다. 내부에서 쌓은 벽을 허물었으나 외부에서 생긴 벽은 도무지 재질을 알 수 없다.

그때마다 나는 깃을 손질하듯 시를 어루만진다. 글자에게도 혼이 있어 누군가는 위로가 되고 치유가 될 것이라 믿는다.

공대를 졸업했고, 흔한 문학회 한 곳 가입하지 않았으니, '삼겹살'이라고 불리는 학연, 지연, 혈연 이 세 가지와는 거리가 멀다. 하지만 그것이 오히려 나의 비기秘器다.

고등학교 때 받은 숙제를 뒤늦게 서울신문에 제출한다. 늦은 숙제를 검사해 주신 정호승, 나희덕 두 분 선생님께 감사를 드린다.

반짝이는 표면에는 허상이 있다.

질소가 가득한 것은 과자뿐만이 아니다.

소망 하나 있다면, '삼겹살'과 상관없이 좋은 작품을 쓰는 시인들이 시만 써도 먹고 살 수 있으면 참 좋겠다.

내세울 것 없는 삶이지만 시 하나만큼은 떳떳하다.

죽음의 사건을 환기하며 시대의 음화 그려 내

사회 전체가 죽음의 사건들에 침잠된 탓인지 올해 투고작들은 전반적으로 어둡고 무거운 느낌이었다. 몽환적이고 묵시록적인 분위기가 감도는 작품들도 많았다.

이 죽음의 시대에 시는 현실적인 응전이나 전망을 보여 주기보다는 그 내상內傷을 깊이 앓으며 치러내는 제의적 행위에 가까운 것일까. 그러나 이런 현상이 한편으로는 죽음 앞에서 아무것도 할 수 없다는 무력감이나 패배의식의 반영으로 보이기도 한다.

당선작인 최은묵의 「키워드」 역시 '죽은 우물'을 중심으로 우리 시대의 음화陰畵를 그려 내고 있다. 이미지가 지나치게 모호해서 소통이 쉽지 않다는 지적도 있었지만 고도의 암시성은 시에 있어서 결함보다는 장점이라는 생각이 들었다. 이 시는 세월호를 비롯해 죽음의 사건들을 환기하면서 그것을 상징화된 제의로 감싸안는다. 나머지 시들에서도 어딘가 깨지고 부서지고 불구화되고 불모화된 존재들이 그려 내는 고통과 폐허의 풍경은 하나의 세계를 이루었다고 할 만하다.

당선작과 함께 마지막까지 고민했던 작품은 서진배의 「고립한다」였다. 이 시는 '고립'에 대한 사유를 '벽'이라는 소재를 중심으로 밀고나가 개성적인 존재론에 이르고 있는데, 특히 '고립되다'의 수동성을 '고립하다'의 능동성으로 전환해 내는 인식의 힘이 좋았다. 하지만 산문적인 어투나 언어의 긴장을 잃어버린 대목들이 눈에 띄고 나머지 작품의 밀도가 뒷받침되지 못했다.

　이 밖에도 유니크한 발상과 탄력적인 리듬을 보여 준 김창훈의「스핑
크스의 그림자」, 대상의 기미를 섬세하게 알아차리고 그것을 감각적으
로 잘 풀어낸 이정오의「멀다」등도 좋게 읽었다. 당선자에게는 진심 어
린 축하를, 나머지 세 분에게는 격려와 기대의 마음을 전한다.

　　　　　　　　　　　　　심사위원: 정호승·나희덕

시조

신춘문예 당선 시조

김범렬

본명 김종열
1961년 경기 여주 출생
현재 (주)경동 근무
2015년 동아일보 신춘문예 시조 당선

shkby61@hanmail.net

■ 동아일보/시조
의류수거함

의류수거함

재활용 의류수거함 뱃구레가 홀쭉하다.
보름달 풍선처럼 제 깜냥 부푸는 변방
푹 꺼진 분화구 속에 적막 하늘 담고 있다.

잠 못 든 한 사내가 그 옆에 누워 있다.
이웃한 박주가리 덩굴손 감아올리고
첫 대면 어색한 동거에 치열한 자리 다툼.

몇 끼나 걸렀을까? 덩치 큰 하마같이
버려지는 헌옷가지 한 입에 삼켜 버릴
장벽을 허무는 바람, 아린 속 어루만진다.

느꺼웠던 지난날 주머니처럼 까집어 보다
하릴없는 남루에 먼지만 뒤집어쓴
저 와불 벌떡 일어나 주린 배를 채운다.

외기러기 날갯짓

손짓 대신 목울대로 되부르는 소리 잦다.
하늘 문 열고 닫다 깃털 뽑힌 외기러기
총 총 총,
무젖은 잔별 눈동자에 어린다.

목마른 한줌 빛도 주방 끝에 와 앉는다.
까맣게 애를 태워 울혈의 밥 짓는 건지
끓어도
넘치지 않게 속으로만 붉게 탄다.

눈 감아도 눈에 선한 식솔 노상 그리다가
마침맞게 비친 광채 가슴에 품어 안으면
네게로,
네게로 가는 길마루가 보인다.

가을 판화

1. 탈복
뭘 그리 복대기나, 날숨 쉬는 가냘픈 산
온갖 양념 버무리는 호수라는 밥그릇에
날계란 탁 깨뜨린 건가, 달무리 확! 번진다.

2. 점점홍
단풍나무 우듬지가 파르르 몸부림치다
갈 길을 예감한 듯 깍지 낀 손 스릇 풀 때
짙붉게 물드는 한뉘 깃을 치고 날아간다.

3. 귀잠
찰랑이는 샛강에다 몸을 씻는 산등성이
맞댄 등짝 짓무를까 한밤 내내 뒤척이다
품안에 잔뼈를 묻고 물소리에 귀잠 든다.

4. 억새
에움길 돌아 돌아 누가 왔다 가나 보다.
하늘 한끝 허공 속에 손사랫짓 하는 동안
울 엄니 파마머리에 은빛 너울 몰아친다.

손금 읽기

볼수록 아득하다, 천 갈래 만 갈래 길
홀로 헤쳐 가야만 할 탯줄 뗀 그날 이후
해종일 늪 속에 빠져 허우적댈 그 짬에도.

질척대는 진흙탕 길 천 년토록 다졌던가.
에움길은 질러가고, 오르막은 건너뛰는
확 바뀐 생의 지형도 그런 아침 꿈꾸며.

겨운 하루 갈아엎고 어둑한 터널도 지나
아프게 새겨 넣는 굳은살 박인 손바닥에
실금의 잔물결 따라 푸른 맥박 다시 뛴다.

풍납토성에서

어디에나 귀가 있다, 깊디깊은 땅 속에도
죽도록 달려야 사는 온조왕 그 과하마果下馬
안장도 편자도 없이
어찌 여기 이르렀을까.

갈대 억새 갈기 세운 왕조의 가을날엔
말없이 흐르는 물도 목청을 돋우는가.
해와 달 섬기던 나라
우렁우렁 깃을 친다.

한강 너른 수면 위로 은빛 창검 번득인다.
볕 드나 바람이 드나 널뛰는 물이랑 사이
비로소 용틀임한다,
저 천 년의 북소리.

법성포의 아침

갈기 세운 파도 소리 백수 해안 밀고 썬다.
수천 수만 조기 떼가 발정 난 칠산 바다
먹먹한 칠흑 물속에 파시 불빛 드리운다.

그물코 마디마디 금빛 비늘 번득이고
경매꾼 선소리에 어둠 한 곁 밀려나면
선홍빛 아가미 사이 천일염 해가 뜬다.

어디로 가는 걸까, 덕장에 꿰인 삶들
갈매기 곡성마저 꼬들꼬들 말라갈 때
아침놀 붉은 바다가 석쇠 위에 몸을 넌다.

소재와 서사에 매달린 10년
항상 깨어 있는 정형시 쓸 것

겁도 없이 늘 그랬던 것처럼 아침부터 당선 통보 전화를 기다렸다. 겉으론 태연한 척했으나 속으론 이루 말할 수 없는 초초감이 엄습했다. 시간이 흐를수록 두렵기까지 한 순간. 그때 한 통의 전화가 걸려 왔다. 신춘문예 당선 통보였다. 순간 지나간 일들이 파노라마처럼 스쳐 지나갔다. 기자의 질문에 울먹이며 대답했지만 말을 이을 수가 없었다. 너무나 당황했고, 한편 기쁨이 북받쳐 엉엉 울었다. 신춘문예 최종 결선에 오르기만 7년, 참으로 머나먼 길을 돌아 돌아왔기에 더할 나위 없이 기쁘기만 하다.

특별한 일이 없는 날이면 직장에서 돌아와 밤 9시에 운동복으로 갈아입고 집을 나선다. 운동을 한다기보다 머릿속에서 시조를 쓰고, 또 썼다가 지우기를 되풀이하며 퇴고를 거듭했다. 시조를 쓰다 보면 잘 안 될 때가 많다. 그러다 문득 어떤 사물을 보고 소재와 서사敍事를 떠올리곤 한다. 어느덧 10년 넘게 반복된 생활을 했다. 그러던 어느 여름날이었다. 집 앞 재활용 의류수거함이 눈에 들어왔다. 그 옆에 박주가리 덩굴 한 그루가 전봇대를 타고 올라와 마침내 의류수거함 허리를 감싸고 있었다. 치열한 자리 다툼을 하는 우리네 삶처럼, 지금의 나를 보는 것 같아 가슴이 아팠다. 다 같이 잘살 수만 있다면

얼마나 좋을까? 우리 주위엔 배고픈 사람들이 많다. 긍정의 힘

을 믿고 굶주리며 사는 이웃이 어디 한두 사람뿐이겠는가. 나의 시조 짓기 또한 그랬다. 감내할 수 없는 일들이 많았지만 해낼 수 있다는 각오와 실천으로 오늘 비로소 좋은 결과를 얻은 것 같다.

저의 부족한 작품을 간택해 주신 심사위원께 큰절을 올린다. 아울러

동아일보사 관계자 여러분께도 감사의 말씀 드린다. 알고 보면 저는 참 행복한 사람이라고 생각한다. 저의 어떤 '작은 싹수' 같은 것을 발견하고 이 길을 열어 주신 윤금초 교수님, 격려와 용기를 북돋아 주신 '(사)열린시조학회' 문우 여러분이 계셨기에 오늘 고개 들어 하늘을 우러러볼 수 있게 된 것이다. 아울러 늘 제게 관심을 가져주시는 (주)경동 명예회장께도 감사드린다.

아내와 잘 성장한 아들딸과 이 기쁨을 함께 나누고 싶다. 고향집을 홀로 지키시는 어머니, 8년 전부터 중증치매를 앓고 계시는 아버지께 영광을 돌린다.

항상 깨어 있으면서 기대에 어긋나지 않는 우리 정형시를 열심히 쓸 각오다.

신산한 우리 시대의 삶…
역동적 이미지로 그려 내

동아신춘의 전통에 부끄럽지 않게 질과 양 면에서 풍성한 한 해라 생각되었다. 도전적이고 젊고 의욕적인 신인을 찾아내어 우리 시조시단의 지평을 넓히는 데 기여할 수 있도록 해보자는 것이 심사위원들의 생각이었다.

적지 않은 수준급의 작품 속에서 처음 가려낸 것이 백윤석의 「황진이 2015」, 정미경의 「목인木印」, 박화남의 「정석丁石을 읽다」, 김범렬의 「의류수거함」이었다. 요즘 시조들이 현대라는 의미에 너무 비중을 두어 시어들이 거칠어지고 또 수다스러워지고 있는 데 비해 「황진이 2015」의 경우 오히려 고전적인 단정함이 눈에 띄었다. 「목인木印」의 경우 나무 속에 새겨지는 이름의 소중한 의미를 정감 있게 노래하고 있었다. 「정석丁石을 읽다」는 단수 속에 응결해 낸 다산의 생애가 역동적이고 운치 있게 보였다. 「의류수거함」에는 신산한 우리 시대의 삶이 다양한 이미지로 그려져 있었다.

다시 몇 번의 숙독과 의견 교환 끝에 「정석丁石을 읽다」와 「의류수거함」이 남게 되었다. 정갈한 고전미가 그만의 개성으로까지는 읽혀지지 않는다는 점에서, 인식의 깊이가 너무 얕고 단순하다는 점에서, 앞의 두 작품을 제외했다.

남은 두 작품은 확연한 개성으로 비교되어 쉽게 결정되지 않았다. 다산의 생애를 단장으로 그려 낸 「정석丁石을 읽다」는 운치도 있고 비유도 그럴듯했고 시조의 본령이 단수임을 강조하기 위해서도 뽑고 싶은 매력 있는 작품이었다. 그러나 단수를 당선작으로 내세웠을 때의 부담이 적지 않다는 것 또한 사실이고 문화유적, 유물 혹은 역사적 인물을 소재로 빈번히 취하고 있는 최근의 시류도 꺼림칙했다. 오늘이 있고 오늘의 생활이 있는 시조가 더 절실하지 않을까 하는 의미에서 최종적으로 「의류수거함」을 당선작으로 뽑는다. 어둠을 그려 내는 분장 없는 이미지가 있고 주제를 이끌어가는 역동적인 패기가 있다.

심사위원: 이근배 · 이우걸

서상희

1989년 서울 출생
중앙대 대학원 문예창작학과 석사 수료
2007년 단국대 전국 고교생 문예백일장 장원
2007년 명지대 전국 고교생 문예백일장 대상
2006년 전국시조백일장 차하
2015년 조선일보 신춘문예 시조 당선

tlrdlstkdd@naver.com

■ 조선일보/시조

내 눈 속의 붉은 마녀

내 눈 속의 붉은 마녀

거울을 바라보네 내 눈 속 머리카락
어제보다 자라났네 검붉게 물들었네
오늘은 자소설* 쓰네 이틀밤을 새우며

입안 가득 종이 넣고 꼭꼭 눌러 씹었네
갈등 극복 영웅기 이왕이면 대서사시
사실은 나트륨이던 조미료 인생사여

2002 빨간색 풍선은 부풀었네
2014 수능은 수리가 중요했네
엄마는 내 그림자를 돌돌 마네 베어 무네

특기는 돌진하며 들이받기 잘합니다
취미는 빵처럼 잘 부풀어 오릅니다
한 움큼 하룻밤마다 자라난 혓바닥들

영웅이 되리라 눈 속의 붉은 실을
눈 밖으로 꺼내 붉은 카펫 짜리라
그 위에 궁전을 짓고 붉은 마녀 되리라

* 자소설: 자신을 돋보이게 하기 위해 과장된 내용이 포함되어 있는 취업
  준비생들의 자기소개서를 일컫는 말이다.

비나리
―명단에 없습니다 귀하의 무궁한 발전을 기원하며

이상하다 당신은 멀수록 공손하다
무궁한 앞날을 빌어 주는 친절한 혀
오늘도 화면 가득히 검은 열매 맺었다

질겅질겅 껌 씹는다 착한 껌은 맛이 없다
부풀었다 터진다 가볍게 사라진다
유통이 엉망이구먼 공손한 세계들아

오늘의 비극은 이름이 없다는 것
내일의 희극은 이름이 있다는 것
비나리 친절한 나리 이름을 불러 주오

무난한 건 안 되나요 안 되는 게 어디 있니
모난 건 나쁘나요 십자가도 모나단다
운동복 거꾸로 입자 튀어나온 무릎만큼

공손한 말들을 주머니에 그득 담아
마당굿에 던져 본다 흩어지는 쌀알들
당신을 버린 건 나요 이 몸이 버렸소

지리다도파도파 智理多都波都波*

어젯밤 새 한 마리 탄광에서 주웠다
새가 운다 검게 운다 아이는 학교 간다
소음은 불길한 징후란다 엄마가 말했다

수업 시간 손끝으로 귓밥을 팔 때마다
깃털 하나 눈깔사탕 걸려서 나왔다
오늘은 도망치는 법 방정식을 공부했다

접합이 안 된 문짝 10도 만큼 기운 교실
마룻바닥 드러누워 가만히 들어보면
어기야 사라진 이의 뱃노래가 들려왔다

입에서 입으로 노래가 전해지던
소리의 시절은 글자로만 남았다
노래는 시들었지만 너희는 활짝 피렴

기다릴 이 없는 오후 버스는 아직이다
아이는 책가방서 새를 꺼내 울어 본다
지리다도파도파라, 지리다도파도파

탄광 속 카나리아 새들의 음성으로
징후란 그런 것 목 끝을 간질이는
아이의 조동아리가 새 부리로 변했다

* 신라 제49대 헌강왕憲康王때 지신과 산신이 나라가 망할 것을 경고하여 부른 노래다.
  지리다도파도파智理多都波都波는 대개 지혜로 나라를 다스리던 자들이 미리 알고도 많
  이들 도망을 갔으므로 도읍이 장차 파괴될 것이라는 뜻. (출처 : 연려실기술)

등등곡登登曲*

1

도성 안 선비들이 떼 지어 노래하네
말뚝이 탈 쓰고 삼현육각 울립시다
나는야 부끄럼 모르오 뛰노는 짓거리요

동으로 갔다 서로 갔다 사라졌다 나타났다
사라지는 사람들 나타나는 도깨비
한 손엔 방울을 들고 다른 손엔 부채 드네

머리에는 꿩 깃털 무당 귀신 방울 소리
누구의 제사요 장상들의 제사요
에라이 목소리라도 높여야 살겠구나

2

광화문 사람들이 무리 지어 노래하네
노란 꽈리 틀어 묶어 노래를 부릅시다
당신은 절대 모르오 부끄러움 모르오

사라졌다 나타났다 사라진 건 사람뿐
물기 묻은 잿가루는 반딧불이 삼키고

아비는 미치광이 되어 고개를 흔드네

광화문 우두커니 임진년의 장군이여
가라앉은 별빛들을 나에게 꺼내 주오
노래는 피지 않았소 꽃봉오리 심읍시다

* 임진왜란이 일어나던 해 서울에 유행하던 노래. 양가의 자제 수백 명이 귀신 탈이나
  무당 행장을 하고 불렀다. 등등곡은 민생을 멀리한 정치권력에 대한 일종의 풍자였
  다. (출처: 연려실기술)

룸메이드 사용기

아줌마 당신이 아줌마를 부르네
아줌마 입에 착착 달라붙는 그 이름
아줌마 부르긴 쉽네 네네네네 달려가

청소 카트 번쩍 들고 아줌마가 굴러 가네
몸뻬를 추켜 입고 저 방에서 이 방으로
등판에 부항을 뜨다 고름 빼고 헐레벌떡

해운대 아줌마는 모든 방을 열 수 있네
문을 열면 라면 면발 벌건 팬티 굳은 시체
열쇠로 열어 드리리 당신들의 문을 활짝

9층에서 1층으로 아줌마 미끄러지네
아줌마 불러 줘요 착착착착 감아 줘요
메밀꽃* 밀려 들어오는 해운대로 불러 줘요

*파도가 일었을 때 햐얗게 부서지는 포말의 순 우리말.

A

아파트 안 개와 함께 산책에 나서네
개 줄이 팽팽하게 당겨지는 이 시간
산책도 중력이 있네 너는 나를 나는 널

밀어 내고 당기며 우주를 산책하네
공전궤도 0.1km 주기는 하룻밤
거리엔 이유가 있네 거리를 둬야 하는

별과 별 샛길엔 새하얀 미리내
개 줄로 음표 꼬리 남기며 종종걸음
우주엔 울림이 없네 소리가 사라졌네

사람이 살 수 있나 개가 내게 물었네
332동과 342동 행성의 사이에는
수백억 광년이 있네 우리는 너무 머네

비질하던 비정규직 우주인만 두둥실
아저씨도 우주를 산책하는 중인가요
아니야 궤도 밖으로 퉁겨져 나왔어

우주에는 이따금 시큼한 냄새 나네
구석마다 토악질한 초신성이 증거이듯
아직도 꿈틀거리는 사람들이 있으리라

우주의 길을 아는 너를 따라 한 걸음씩
궤도 따라 빙글빙글 돌다 보면 만나리라
오늘도 케플러 A 속 탐사를 시작하네

외조부 길 따라……
전통, 오늘의 새로움으로 만들 것

8년 전, 편지 한 통을 받았습니다. 고교 시절 쓴 시조를 신춘문예에 투고했는데 심사위원께서 편지를 보내신 겁니다. "재능이 엿보인다"는 응원에 심장이 뛰었습니다. 그때부터 시조를 쓰기 시작했습니다.

왜 시조인가, 묻는다면 "전통을 사랑하기 때문"이라 답하고 싶습니다. 몇 해 전부터는 국궁國弓을 배우기 시작했습니다. 국궁과 시창詩唱을 즐기셨다던 외할아버지의 길을 따라 걷는 중인가 봅니다. 전통을 오늘의 새로움으로 만드는 사람이 되겠습니다.

아버지 감사합니다. 사랑합니다. 누구보다 제 글을 사랑하는 든든한 아버지 덕분에 행복하게 글을 써 올 수 있었습니다. 나의 어머니, 동생 그리고 챠이. 사랑합니다.

제가 성장할 수 있었던 건 중앙대학교 문예창작학과 덕분입니다. 시의 세계를 열어 주신 이승하 선생님, 방현석 선생님, 전영태 선생님, 그리고 세상을 보는 법을 알려 주신 박철화 선생님께 진심으로 감사합니다. 중앙대 홍보실과 홍보대사에게도 고맙다는 말을 전하고 싶습니다. 무엇보다 저를 믿고 뽑아 주신 심사위원 정수자 선생님 진심으로 감사드립니다. 조선일보와 인연이 깊습니다. 2011년 인턴기자로 조선일보에서 일했습니다. 많은 사람을 만났습니다. 사람을 향한 글을 써야겠노라 마음먹었습니다. 당선이라는 두 글자가 주는 먹먹함과 기쁨을 안고, 정진하겠습니다. 당선 시조는 저와 닮은, 오늘날의 '취준생'들에게 바칩니다.

'조미료 인생사'로 청춘 비유…
풍자적 진술 압권

새 문을 여는 데는 새로움이 제일 센 힘이다. 시조라는 오랜 양식의 매력을 아무리 잘 살려도 새로움을 더하지 못하면 오늘의 문학으로 빛나기 어렵다. 44%나 늘어난 응모 덕에 즐거운 긴장으로 심사하면서도 새로움을 앞에 둔 것은 그런 까닭이다.

당선작 「내 눈 속의 붉은 마녀」는 독특한 발상을 풀어 가는 풍자적 진술이 압권이다. '자소설'을 쓸 수밖에 없는 청춘들에서 '사실은 나트륨이던 조미료 인생사'임을 추려 내고 그것을 다시 '엄마'의 교육열에 엮는 솜씨가 빼어나다.

특기로 무장한 청춘들이 그런 조종(?)의 결과임을 암시하며 그럼에도 자신만의 '붉은 카펫' 짜낼 패기를 펼치는 것이나, 충혈된 눈의 '붉은' 이미지를 '붉은 마녀'라는 대찬 여성으로 탄생시키는 등 참신성도 각별하다.

긴 호흡과 율격의 활달한 운용은 여러 편에서 확인되는 서상희 씨의 개성과 역량인데, 정형의 밀도는 앞으로 고민할 대목이다.

끝까지 들고 있던 것은 용창선·김태경·조혁선·나영순·허윤씨 등의 작품이었다. 용창선 씨는 「께냐」의 단아한 미적 구조화에 비해 다른 작품들이 처졌고, 김태경 씨는 참신성이나 심도 면에서 달렸으며, 조혁선 씨는 소재의 상투성이, 나영순 씨는 작품의 편차가, 허윤 씨는 압축의 미흡이 걸렸다.

　일정 수준에는 올랐으나 자신만의 '칼'이 조금씩 부족한 데다 '큰 칼' 같은 서상희 씨의 등장으로 모두 내려놓으며 다시 다음을 기약할 수밖에 없었다. 서상희 씨 당선을 축하하며, '붉은 마녀'의 높푸른 비약을 기대한다.

심사위원 : 정수자

용창선

1964년 전남 완도 출생. 문학박사
현 문태고등학교 교사
2012년 제13회 전국가사·시조 창작공모전 우수상
2012년 중앙일보 중앙시조백일장 11월 장원, 2013년 2월 차상, 2014년 1월 장원
2015년 서울신문 신춘문예 시조 당선

easyastherain@gmail.com

■ 서울신문/시조
세한도歲寒圖를 읽다

세한도歲寒圖를 읽다

잔기침에 잠 못 들던 풍설風雪도 그치고
수런대던 안부들마저 발길 끊은 겨울 아침
차디찬 살을 부비며 먹 가는 소리 듣는다

수척한 바람 하나, 빈 마당을 쓸고 가면
천 리 바다 너머인가, 맵고도 시린 목숨
묵선墨線에 핏물이 돈다 새 살이 돋아난다

쌓이는 눈뭉치에 몸을 꺾는 한때의 적막
수묵의 갈필로도 못 다 그린 그리움은
뼈마디 시퍼런 결기結氣로 빈 들판에 홀로 서다

도치미끝, 차마고도車馬古道

1
발 땀으로 흘려 깎은 절벽의 산허리엔
목숨처럼 까마득한 안개가 감겨들고
아득한 말방울 소리 흔들리고 있었다.

수천 년 찻잎들을 실어 나른 티베트 말
늙은 말의 눈빛은 길 없는 길을 읽고
몸 하나 비틀고 나온 샛바람이 푸득댄다.

쥐와 새만 밤낮으로 수직 절벽 지나가고
등짐과 살가죽이 맞붙어야 건너는 곳
마방들 지나는 벼랑은 신음소리 흩날린다.

2
어둠 번진 도치미끝* 뼈 시린 가난 앞에
바람을 등에 지고 바람이 된 아버지
벼랑도 상현달처럼 떠오르고 떠 있다

* 도치미끝: 전남 완도 보길도 중리와 백도리 경계 해안을 따라 길게 형성된 활 모양의
  곶串으로 바다를 향해 400m 정도 뻗은 절벽. 보길도 사람들이 도끼를 '도치'라 부르
  는 데서 '도치바구', '도치미끝'이란 이름이 붙었다.

우륵 于勒

살해된 가락의 시체
어느 땅에 묻을 거나.

가락국 노랫가락에
흔들리던 오동나무

열두 줄
가야금 같은
빗줄기를 튕긴다.

독작獨酌

정신 차려 이놈아!
볼기짝을 확 때려 줄
그런 스승 하나 없이
밤거리와 술 마시니
구 년 간 벽과 마주한 달마를 조금 알 것 같다.

하현이나 상현처럼
허리 휜 외로움에
무릎 꿇고 술 따르며
사숙私淑을 청해 봐도
골목길 행간의 뜻을 마저 읽고 오란다.

십 년 넘게 독작인데
문리文理조차 가뭇없어
가슴을 더듬으면 만져지는 갑골문자
밤눈의 잔기침 소리, 새벽까지 듣는다.

가새

할머니는 가위를 가새라고 불렀지
가세 가세 혼잣말로 옷가지 자를 때면
두 날개 비비던 소리
습벅습벅 날던 새

녹이 슨 온몸으로 절뚝이며 더듬던 세월
징용 간 할아버지 돌아오지 않는 날엔
달빛을 싹둑 자르며
날고 싶던 밤하늘

할머니가 날리던 새들은 어디 갔을까
노을 홑청 툭툭 자르며 산 너머로 떠났을까
어둠에 부리를 묻고
둥지 속에 숨었을까

스마트 경전經典

밀교密敎의 의식들은 침묵 속에 거행된다
이어폰에 들려오는 신의 계시 받기 위해
오늘도 성스런 제단에
손가락을 바친다

이런 날 저녁에는 노을빛도 순교자다
접신의 순간이면 세상과는 불통이고
안개에 싸인 저 사내,
허공에 뜬 섬이 된다

경전을 두고 온 날은 묵언수행 들어간다
새겨진 활자들이 모래알로 흩어져도
신전을 순례한 눈은
날마다 깊어진다

영혼은 빠져 나가고 옷만 걸린 옷걸이
라캉의 거울* 속에 온몸을 집어넣으면
추억은 메모리칩 속
천만 화소로 밝아 온다

* 자크 라캉(Jacques Lacan, 1901~1981): 프랑스 정신분석학자의 거울 이론. 아이는
  거울 속에 비친 자신을 보지만, 그 실체는 좌우가 바뀐 허구적인 자신이다.

시를 사숙하던 시간 주마등처럼 스쳐가

사연 많은 목포의 눈물이 눈 시린 하늘에 올라 이렇게 폭설로 쏟아진 것은 54년 만에 처음 있는 일이라 합니다. 세상이 온통 설원이었습니다. 백석白石이 「나와 나타샤와 흰 당나귀」에서 '가난한 내가/ 아름다운 나타샤를 사랑해서/ 오늘밤은 푹푹 눈이 나린다' 라고 노래했던 사랑의 시구가 떠오릅니다. 백석이 흰 당나귀를 타고 나타샤와 함께 가서 살자고 한 마가리가 목포가 아닐까 하는 착각이 들 정도의 폭설 속에 저는 서 있었습니다. '올해도 낙방하고 말았구나!' 하는 생각에 쓸쓸해질 때, 당선 통보 전화를 받았습니다. 최종심에 오른 지 여덟 번 만입니다.

제가 좋아하는 선배 시인들의 시를 몇 번씩 필사하고 음미하면서 사숙私淑하며 지내온 시간들이 스쳐 지나갑니다. 한 편의 좋은 시를 읽고 날밤을 새고 나면, 그 다음날은 '간밤의 눈 갠 후後에 경물景物이 달랐고야' 라고 노래한 「어부사시사」의 한 구절처럼, 새로운 세상이 제 눈 앞에 펼쳐졌습니다. 그럴 때면 저는 홀로 앉아서 독작獨酌하듯이 시조를 썼습니다.

잦은 밤샘에도 푸념 한 번 없이 격려와 위로를 아끼지 않은 아내, 딸 다영, 아들 도영, 진심으로 응원해 주신 문익수 · 신순호 · 양현승 박사님, 용현록 형과 친구 박귀정 · 소용희 · 화가 이지호, 제자 임태성 시의원, 정이 넘치는 고향 분들, 모두가 눈물겹도록 고마운 사람들입니다. '백락일고伯樂一顧' 라는 고사처럼 부족한 시를 따스한 눈길로 봐 주신 심사위원님께 진심으로 감사드리며, 앞으로 두 분을 스승으로 모시고 부단히 정진할 것을 약속 드립니다. 또한 서울신문사에도 감사의 말씀과 더불어 무궁한 발전을 기원합니다. 5년 전 겨울, 고향땅 솔섬[松島]

앞에서 뼈 시린 가난을 온몸으로 막아서다 바람 등에 지고 상현달로 떠오르신 부모님 영전에 오늘의 영광을 바칩니다. 지금부터 시작이라는 생각으로 붓 끝에 더욱 힘을 주고 써 나가겠습니다.

낡은 관념을 벗은 감성, 판을 흔들다

올해는 세월호 참사나 소녀가장의 아픈 삶을 다룬 작품에서부터 생존의 상처와 자연 풍경을 결속하는 작품에 이르기까지 그 소재나 주제도 퍽 다양 다기했다. 특기할 것은 역사 속 인물의 명암을 좇아 그것을 현실 언어로 재해석한 작품들이 두드러진다는 점이다.

걸러 낸 작품들을 앞에 놓고 또 한 차례 꿇기가 이어졌다. 그런 뒤에 「연꽃, 피다」(박복영), 「신神의 우주」(김경태), 「바람을 읽다」(정황수), 「비로자나불」(윤은주), 「아침을 깁다」(송가영), 「순천만 갈대밭」(김범렬), 「수화의 풍경」(이윤훈), 「푸른, 고서를 읽다」(박경희), 「세한도를 읽다」(용창선) 등 아홉 편의 작품이 선자의 손에 남았다. 그중에서도 박경희와 용창선의 작품이 끝까지 으뜸의 자리를 다투었다.

두 편이 다 가멸찬 역사의 온축에서 시상을 캐고 있다. 「푸른, 고서를 읽다」는 매우 안정된 호흡이 강점이지만, 그게 흠이기도 하다. 어딘가 긴장이 풀린 듯한, 미처 걷어 내지 못한 타성의 그늘이 보이는 것이다. 「세한도를 읽다」의 발화는 앞서 말한 신춘문예의 경향성에서 자유롭지 못하다. 하나 같은 역사 인식이더라도 이 작품에서 보여 주는 낯선 접근방식이나 표현의 신선함은 그런 우려를 떨치고도 남는다.

작중의 추사를 온전히 자기화한, 그러면서 한 치의 허점도 보이지 않는 결구의 완결성이 특히 돋보였다.
문면에 선연한 '먹 가는 소리'와 '수묵의 갈필'이 마침내 '뼈마디 시

퍼런 결기로 빈 들판에 홀로 서' 게 하는 것이다. 그 갈필의 결기가 이 작
품을 흔쾌히 당선작으로 밀게 했다.

심사위원: 박기석 · 이근배

윤은주

1953년 강원도 삼척 출생
2014년 중앙일보 지상백일장 월 장원
현재 마포구청 공보과 객원기자
마포지역 라디오방송 MC로 활동 중
2015년 매일신문 신춘문예 시조 당선

deji25@hanmail.net

■ 매일신문/시조

감히,

감히,

장미꽃 한 바구니가
배달된 어느 저녁

향기에 얹혀 있는 이름이 퍽, 낯설다

아무리 헤아려 봐도
내 몫은 이미 아닌,

나 모르게 꽃은 피고
나 모르게 가버린 봄

한동안 달뜬 나를 단번에 주저앉히는

스물 몇, 딸 나이 뒤로
내 얼굴이 지고 있다

"사람을 찾습니다"

미혼모가 걸어 놓은 대자보 저 현수막

〈도망간 29세 남자 강종구〉를 찾는다는

신생아 출생 신고도 못했다며 펄럭인다

갓 태어난 애기 사진 비바람에 함께 젖네

우산을 깊게 쓰고 한 남자가 멈칫대도

010) 2610 **** 벨은 울지 않는다.

환절기 연습

겨우내 몸을 덥힌 두꺼운 겉옷들을
경칩 날 툭툭 털어 옷걸이에 걸어 놓고
옷장을 뒤적거리다 환절기를 건넌다

온 만큼 가는 것들, 시간도 저물었는데
헤어짐이 서툰 나는 이별을 준비 못해
이스트 넣은 빵처럼 부풀대로 부풀었다

그 무슨 정이 남아 이렇게 망설이나
사랑도 잃어버리고 약속도 놓쳤거늘
칙칙한 옷가지 몇 점 추억이라 모셔 둔다

검지, 그 손가락

고향 시장 입구에서 마늘을 까서 팔아
소녀가장 독거노인 따스하게 보듬다가
터진 손 감싸 쥔 채로 저쪽 세상 건너가신

열여섯 나이 무렵 겪었던 모진 일들
평생토록 입 밖으로 내지는 않았지만
밤이면 꿈길 어귀가 눈물에 흥건했다고

한 점 혈육마저 허락하지 않은 생애
아흔둘 할머니가 비워 둔 그 자리에
정좌한 비로자나불 그림자가 일렁인다

겨울 잡초

봄바람에 연초록을 나부끼며 컸던 목숨

모질게 밟혔어도 제 꿈을 지키느라

발밑에 조아려 가며 옹골차게 살았구나.

된바람 쫓아와서 네 뿌리를 죄 흔들고

진눈깨비 칙칙 대며 네 온몸을 휘감아도

한 치도 두려움 없이 고개 드는 푸른 힘줄

정월 아침

새날이면 눈빛처럼 정갈하게 갈아입고
산사로 향하시던 시어머니 떠오른다
한해를 고이 받들던 주름진 손등까지

한 그릇 정화수를 장독대에 올려놓고
여러 자식 이름들을 낱낱이 챙겨가며
한참을 빌고 비시던 친정 엄마 얼비친다

역할을 맡고 보니 이제야 울컥, 하네
나이만큼 책임질 일 늘어만 간다는 것
그만큼 눈물자락을 거느리게 된다는 것

새해 첫날 떠오르는 햇귀에 비손한다
입속에 숨은 혀가 칼날이 되지 않기를
올 한해 마음 농사도 정성만큼 거두기를

첫 단추를 채우며

당선 소식을 듣는 순간 아득히 벼랑 끝에 서 있는 기분이었습니다.

아, 기쁨이기 전에 놀라움이 앞서 목소리가 가라앉았습니다. 제가 감히, 시인의 관문을 통과해도 되는 것인지? 지금도 먹먹합니다.

이 '꽃바구니' 의 주인공 딸아이가 일곱 살쯤 되었을까. 늦은 밤, 집으로 들어가는 골목길을 손잡고 걸어가면서 무섭지도 심심하지도 말라고 흥얼거렸던 「하여가」와 「단심가」가 불현듯 떠오릅니다. 그때의 율격과 안정된 시조의 형식이 늘 헛헛한 내 영혼에 자양분이 아니었을까를 새삼 생각합니다.

늘 꿈꾸던 이 길을 멀리서만 바라보면서, 부모님 모시고 아이들 키우느라 머리에 쑥물이 앉았습니다. 그러다 번쩍, 정신이 들었습니다. 3년 전부터 새롭게 마음을 다잡고 시조의 이정표를 따라왔습니다. 좁고 가파른 길을 가느라 뒤뚱거리고 넘어지던 저를 몇 번이나 일으켜 세우고 용기와 힘과 질책까지 아끼지 않으셨던 선생님.

내심 소식을 기다리던 제게 '주사위는 던져졌으니 어떤 결과라도 신의 뜻이다' 말씀하신 선생님께 뜨거운 마음을 올립니다. 신의 뜻이라면 더 열심히 제2의 인생을 다시 열겠습니다. 늦깎이라고 기죽지 않고 훌륭하신 선배님들께서 닦아 놓으신 이 길에 누가 되지 않도록 바람만 바람만 살펴 걷겠습니다.

장미꽃 바구니보다 천 배는 진하고 아름다운 선물을 참으로 감히, 제가 받습니다. 나 모르게 피고 진 꽃들의 시간과 나를 이렇게 두고 가 버린 봄을 탓하지 않겠습니다.

늘 애만 태워 드렸던 이승은 선생님, 고맙습니다.

쓸쓸하고 건방진 마음 한 조각을 은쟁반에 얹어 주신 심사위원님, 고맙습니다.

이 날까지 묵묵히 지켜준 우리 가족의 얼굴이 환히 피어나는 저녁, 당당히 시조의 세계로 한 발자국 들어갑니다.

첫 단추를 이제야 채웁니다. 참말 행복합니다.

새바람 일으킬 신인 발굴에 방점…
단아한 민족시의 진면목 잘 살려

아직도 진행형인 신춘문예는 우리 현대문학사에서 결코 배제시킬 수 없는 중요한 자리매김을 해온 것이 사실이다. 그만큼 문학 지망생들에게는 놓칠 수 없는 관문이기도 하다. 하지만 단 한 차례의 평가에서 최상의 효과를 노려야 하는 절차의 형식상 과대포장이나 모작 내지 위작의 판별에서 자유로울 수가 없는 것도 사실이다.

이러한 환경에서 작자나 심사자 모두 모험보다는 안전성을 택하다 보면 신춘문예가 겨냥한 소기의 목적을 달성하기가 어렵기 마련이다. 그래서 소위 '신춘문예류'라는 신조어를 낳게 되었다. 예의 그 '신춘문예류'를 깨고 문단에 새로운 바람을 일으킬 신인을 찾는 데 초점을 맞추고 심사에 임했다.

이번 시조 부문은 응모 편수나 기량 면에서나 괄목할 만한 발전을 보였다. 하지만 좋은 시가 어떤 것인가에 대한 성찰을 전제로 바라보면 지나치게 말초적인 감각과 논리에 묶인 경향이 짙다는 아쉬움을 떨칠 수 없었다.

마지막까지 선자의 관심을 끈 작품은 「겨울, 남한강 어부마을에서」, 「무당거미, 해를 물다」, 「감히,」 등 세 편이었다. 「겨울, 남한강 어부마을에서」는 민물고기를 잡아서 생계를 잇는 어부의 애환을 그렸으나 얕은 감상에 그쳤고, 「무당거미, 해를 물다」는 무당거미를 통해 삶의 질곡을 투영시킨 상징성과 감각이 돋보였으나 지나치게 작위적인 외형 묘사로 감동의 요인을 끌어 내지 못하였다.

　그에 비해 「감히,」는 예의 신춘문예 작품들과 확연히 다른 색깔과 맛을 지닌 가작이었다. 딸을 통해 잃어버린 자신을 되돌아보는 어미의, 기쁘면서도 억울한 감정이 애잔하게 전달되고 있다. 소품이면서도 단아한 민족시의 진면목을 보여 주었다.

　이번 당선을 계기로 시조단에 새로운 기운을 불어넣어 주기를 기대한다.

　　　　　　　　　　　　　　심사위원: 민병도

전향란

1958년 서울 출생.
강릉 강호시조문학회 회원.
가톨릭관동대 국문과 석사과정
시조를 통한 심리 치료 연구 중
2015년 중앙일보 신춘문예 시조 당선

0163673346@hanmail.net

■ 중앙일보/시조
드럼 세탁기

드럼 세탁기

오늘을 몽땅 벗어 통 안에다 넣었다
자존과 허망과 불협화음 그마저도
얼룩진 삶의 흔적을 세탁기에 돌린다

녹록하지 않았던 매순간의 드라마가
재생되어 돌아간다 얽히고 또 설킨 인연
한 스푼 세제를 넣어 갈등을 풀어 간다

스크린 너머로 빨래들의 소용돌이
거품을 물고 가는 한 생이 치열하다
치대고 씻어 내리고 두드리며 가는 길

헹굼질 몇 번이면 순백한 삶이 될까
건조대에 매달린 경건한 일상이여
집게에 늘어져 버린 어깨를 곱씹는다

유천리 막국숫집

누에가 실을 뽑듯 또 하루가 생성되고
남은 해 등에 진 채 진부령을 넘었다
끝자락 막국숫집이 옷깃을 잡아끈다

한 뭉치 실타래가 고스란히 담긴 사발
맵싸한 겨자 향에 눈물 흘린 시간들을
시원한 육수 국물이 뼛속까지 풀고 간다

삼대째 뽑아 내던 손맛도 이어져서
단숨에 말아 먹는 속 깊은 국수 가락
몇 가닥 남은 햇살이 갈 길을 짚어 준다

안반데기 소묘

온 누리 텅 빈 가슴 열매 맺는 구월이다
안반덕 화폭 위에 실어 보는 풍경화
숨 가쁜 경운기 소리 시름 털어 보내고

산중턱 몸을 풀어 쉬고 있는 구름 몇 점
새들도 힘겨운지 갈지자로 흐르고
바탕은 배추 빛으로 마무리를 하였다

여기까지 와서야 뒤를 한 번 돌아본다
바람이 부는 대로 거침없이 살았다
비알진 화전 일구듯 험난했던 저 길을

허리를 굽혀야만 넘어 가는 언덕배기
그것이 길이란 걸 진작에 몰랐을까
비스듬 안반데기에 그려 넣는 이 가을

지하철에서

사람들 북적이며 물결로 흐릅니다
나 또한 물방울 어디론가 밀려 가고
화살표 집을 향하여 물꼬 하나 터줍니다

힘겨운 물줄기는 승강기로 쓸려 가고
타악 탁 흰 지팡이 야윈 손을 내밀면
볼록한 보도블록이 물길 열어 줍니다

벽면을 내리치는 광고 홍수 속에서
눈빛을 마주치려 웃통 벗은 한 사내
요란한 지하철 굉음에 문득 나를 찾습니다

수문이 열리듯이 개찰구가 열립니다
저만치 물살 헤쳐 뒷모습만 남은 그대
급류에 휩쓸리듯이 하루가 흘러갑니다

신기를 지나며

창밖에 먹물 같은 어둠이 번져 가고
신기역 내리세요 소리만은 보이나니
이름을 불러 준다면 그 모습은 들리나니

지금은 스멀스멀 짐승의 뱃속이라
창자같이 굽은 여정 요동치는 나날들
토해 낼 그날이 오면 긴 터널도 벗을지니

시간은 레일 위를 쉼 없이 내달리고
서로를 부벼대는 이 애틋한 생의 공간
누군가 내렸나보다 기적소리가 깊다

신록에 붙여

흑암의 대지 위에 먼동이 떠오르듯
텅 빈 가슴 한 켠에 누군가 스며들 듯
초록이 번졌습니다 이 척박한 시간 위에

꽃들이 먼저 핀다 다투어 일어설 때
한 발짝씩 왔습니다 소리 소문도 없이
푸르게 덧칠한 세상 그 꿈 하나 들고서

허공을 가로질러 새소리 띄워 놓고
무너진 담벼락도 촘촘 가려 줍니다
신록이 덮고 갑니다 속 깊은 상처마저

마음의 상처 치유하는 시조,
더 연구하라는 격려

서울에서 걸려온 전화 한 통이 저를 너무 놀라게 했습니다.

"당선 되셨습니다."
"……."

제게 있을 수 없는 일이 일어난 것입니다. 몸둘 바를 모르겠다는 표현이 맞는 것 같습니다. 시조 쓰기가 그저 즐거웠습니다. 한 편의 작품을 만날 때마다 성취감은 무엇과도 바꿀 수 없는 기쁨이었습니다.

사랑하는 가족을 떠나보내고 우울한 때를 시조를 쓰며 극복하기도 했습니다. 시조 쓰기의 정서적 · 심리적 치유 가능성을 연구하던 차에 큰 상을 받게 됐습니다. 그 꿈을 키워 보라는 격려로 알고 더욱 열심히 노력하겠습니다.

앞으로의 가능성을 믿고 저를 뽑아 주신 심사위원 선생님들 정말 고맙습니다. 강호시조문학회 회원들과 제게 희망을 주시고 젊은 감각을 일깨워 주신 조해진 교수님 고맙습니다. 가족과 친구, 나를 아는 모든 분들께도 기쁜 소식을 전합니다. 오늘이 제 인생 최고의 날입니다.

세탁기 통해 한 생의 압축파일을 읽어 낸
시선과 통찰 돋보여

　전향란의 「드럼 세탁기」를 당선작으로 올린다. 평범한 소재인 세탁기를 통해 한 생의 압축 파일을 읽어 낸 시선과 통찰이 돋보인 작품이다. 대상의 속성을 파헤치며 자아의 성찰을 유도해 나간 역량이 미덥고, '거품을 물고 가는 한 생이 치열하다' 같은 표현도 시를 끌어당기는 자장이 깊다. 찌든 일상에 매몰된 내면 세계를 '치대고 씻어 내리고 두드리며' 정화시켜 가는 전개 과정 또한 들뜨지 않은 밀도를 보여 준다.

　신인의 경우 과도한 형식적 실험에 매달리기보다는 기본형에 충실히 활착을 해야 안정성을 담보할 수 있을 것이다. 김태경·용창선·류미야·유순덕·이창규 씨의 작품들이 끝까지 선자들의 손을 떠나지 않았음을 밝히며 매운 정진을 바란다. 아울러 당선자에겐 축하와 격려의 인사를 전한다.

심사위원: 오승철·권갑하·박명숙·이달균

〈시〉 김관용 김민율 김복희 윤종욱 김성호 박예신
박은석 유이우 정현우 조창규 최영랑 최은묵
〈시조〉 김범렬 서상희 용창선 윤은주 전향란

2015년 신춘문예 당선시집

초판 1쇄 발행일 2015년 1월 10일

지은이 · 김관용 외
펴낸이 · 김종해
펴낸곳 · 문학세계사
이메일 · mail@msp21.co.kr
홈페이지 · www.msp21.co.kr
www.seein.co.kr(계간 시인세계)
주소 · 서울시 마포구 신수로 59-1 (121-856)
대표전화 · 02) 702-1800 | 팩시밀리 · 02) 702-0084
출판등록 제21-108호(1979. 5. 16)

값 11,000원

ISBN 978-89-7075-597-7 03810
ⓒ 문학세계사, 2015